CONTEMPORÁNEA

Ernest Hemingway, nacido en 1899 en Oak Park, Illinois, forma parte ya de la mitología de este siglo, no solo gracias a su obra literaria sino también a la leyenda que se formó en torno a su azarosa vida y a su trágica muerte. Hombre aventurero y amante del riesgo, a los diecinueve años se enroló en la Primera Guerra Mundial como miembro de la Cruz Roja. Participó en la guerra civil española y otros conflictos bélicos en calidad de corresponsal. Estas experiencias, así como sus viajes por África, se reflejan en varias de sus obras. En la década de los años veinte se instaló en París, donde conoció los ambientes literarios de vanguardia. Más tarde vivió también en lugares retirados de Cuba o Estados Unidos, donde pudo no solo escribir sino también dedicarse a una de sus grandes aficiones, un tema recurrente en su producción literaria: la pesca. En 1954 obtuvo el Premio Nobel. Siete años más tarde, sumido en una profunda depresión, se quitó la vida. Entre sus novelas destacan *Adiós a las armas*, *Por quién doblan las campanas* o *Fiesta*. A raíz de un encargo de la revista *Life* escribió *El viejo y el mar*, por la que recibió el Premio Pulitzer en 1953.

Biblioteca

ERNEST HEMINGWAY

El viejo y el mar

Traducción de
Lino Novas Calvo

╚╝ DeBOLS!LLO

Título original: *The Old Man and the Sea*
Diseño de la portada: Departamento de diseño de Random
    House Mondadori
Fotografía de la portada: © Josef Scaylea/Corbis

Primera edición en U.S.A.: marzo, 2005

© Hemingway Foreign Rights Trust
© 2003, Juan Villoro, por el prólogo
© 2003, Random House Mondadori, S. A.
    Travessera de Gràcia, 47-49. 08021 Barcelona
© 1993, Lino Novas Calvo, por la traducción

Printed in Spain – Impreso en España

ISBN: 0-30727-419-5

Distributed by Random House, Inc.

Prólogo

Una escena emblemática y fundacional de la narrativa norteamericana: el capitán Ahab enfrenta a Moby Dick, la bestia blanca que le había devorado una pierna. La espumosa saga de Herman Melville es un momento superior de una literatura cautivada por la insensata lucha contra los elementos, donde la tormenta aplasta al indigno y bautiza al sobreviviente para permitirle contar la historia.

Durante muchos años Ernest Hemingway buscó una variante a la lucha de Ahab con la ballena. La pesca fue su más sostenida pasión (sería ligero hablar de «pasatiempo»; el autor de *Fiesta* practicaba actividades en las que se consideraba experto: sólo en literatura pretendía ser un *amateur*). Hemingway repudiaba la figura del erudito y esquivó toda discusión intelectual; sin embargo, se volvía puntilloso ante un texto que tratara de pesca (Fitzgerald no pudo librarse de sus críticas cuando se refirió en un cuento a salmones en un lago de Illinois donde no los había).

Resulta significativo que en 1921, en su primer reportaje como corresponsal en Europa del *Toronto Star*, Hemingway se ocupara de la pesca de atún en Vigo: «Cuando atrapas un atún después de una pelea de seis horas, cuando luchas hombre contra pez hasta que tus músculos sienten náusea por el terrible estiramiento, cuando por fin lo subes a bordo, azul verde y plateado en el perezoso océano, entonces puedes sentirte purificado y comparecer sin rubor ante los dioses antiguos». Treinta años después, el mismo impulso épico lo llevaría a escribir *El viejo y el mar*. Ésta fue la última escala de una larga travesía en pos de peces.

Ya consagrado, Hemingway escribió artículos sobre los trabajos del mar con la tronante certeza de un Zeus en funciones. Sus personajes literarios fueron más sabios y estuvieron más atribulados. En 1924, a los veinticinco años, Hemingway concibió un cuento impecable, «El río del corazón doble», donde todo depende de la pesca; en esa trama, la sola enumeración de los enseres que se usarán en la orilla conforma una íntima visión del mundo.

Cuando vivía en París en los años veinte, Hemingway asistió a las tertulias de Gertrude Stein como a un seminario sobre los matices del lenguaje. Sin embargo, si su tutora escribió «una rosa es una rosa es una rosa», él procuró que un anzuelo nunca fuera sólo un anzuelo. Y no es que buscara transformar las cosas simples en símbolos; su operación fue más sutil: los pescadores de Hemingway requieren de instrumentos que deben funcionar como tales, y al hacerlo, construyen un lenguaje propio, de sorpresivas conjugaciones, los muchos modos de un anzuelo.

En el ensayo «Hemingway y nosotros», Italo Calvino se refiere a la destreza práctica que apuntala las narraciones del autor: «El héroe de Hemingway quiere identificarse con las acciones que realiza, estar él mismo en la suma de sus gestos, en la adhesión a una técnica manual o de algún modo práctica, trata de no tener otro problema, otro compromiso que el de saber hacer algo bien». Entendemos un destino a través de un oficio desarrollado hasta sus últimas consecuencias. En «El río del corazón doble», como en *El viejo y el mar*, la zona de dominio es la pesca; la gramática del mundo se resume en esos gestos, fuera de ellos no hay nada.

En 1951 Hemingway vivía en la Finca Vigía que rentaba en Cuba desde 1939. Aunque la pesca era buena y la vida agradable, su carrera pasaba por un momento tenso; sus días más prolíficos habían quedado atrás y el desgaste físico empezaba a hacerle mella. Su cuota de guerras, accidentes, matrimonios, borracheras, intensas amistades breves, pistas de esquí, gimnasios de boxeo y cacerías parecía haberse agotado.

El mar Caribe representaba para él un santuario protector, pero lo recorría con los ojos entrecerrados de quien busca algo distinto. Como Santiago, protagonista de *El viejo y el mar*, deseaba capturar una última gran presa. Toda su vida estuvo determinada por un sentido, a veces épico, a veces trágico, a veces infantil, de la contienda. Hemingway compitió contra todos pero sobre todo contra sí mismo. Su pasión por los deportes deriva, en buena medida, de su tendencia a medir la intensidad de la vida en un reto verificable. Esa novela de madurez, largamente pensada y pospuesta, tendría que ver, desde el tema, con la necesidad de romper un récord.

Como Ring Lardner, Hemingway se apropió de numerosos recursos de la crónica deportiva: la narración fáctica de sucesos que determinan un marcador incontrovertible, el lenguaje especializado de quien está «en el secreto del asunto», las posibilidades épicas de un entorno perfectamente común. En *El viejo y el mar*, Santiago se compara con Joe Di Maggio, el gran bateador de los Yankees de Nueva York que por aquel tiempo pasaba por un bache en su carrera. El béisbol («la pelota») es el deporte más popular en Cuba; Santiago sigue los resultados de las Grandes Ligas en los periódicos que Manolín, un muchacho que fue su mejor alumno en alta mar, le lleva con un día de retraso. Manolín pesca ahora con su padre, un hombre acomodaticio, que no cree en los métodos artesanales de Santiago y entra al mar como a un almacén en oferta. El joven extraña las arriesgadas jornadas con el viejo pero no se atreve a desobedecer el mandato de su familia. La sección deportiva del periódico se mantiene como el vínculo más estrecho entre ellos; de manera oblicua, hablar de béisbol es hablar de pesca.

Bickford Sylvester, de la Universidad de British Columbia, se ha tomado el trabajo de contrastar los resultados de béisbol de 1950 y 1951 con la trama de la novela. En 1950, luego de una mala temporada, Di Maggio se recuperó contra los Tigres de Detroit y bateó tres *home-runs* para que su equipo ganara su partido 85. Ésta es la noticia que Santiago lee en el periódico y que, de acuerdo con Sylvester, corresponde a un ejemplar del lunes 11 de septiembre de 1950. Santiago lleva 84 expediciones infructuosas en el mar, y por eso le resulta tan importante pescar algo en el día 85. Es su momento Di Maggio. Según la célebre teoría del *iceberg* de Hemingway, un relato sólo muestra una mínima parte de la historia y depende de una sólida realidad que se mantiene oculta. Esto alude a la forma en que se construye una trama y a cómo debe ser leída. Bajo la diáfana superficie de la prosa, hay una intrincada red de correspondencias. En forma congruente, Hemingway se negó a descifrar el soporte oculto de sus relatos y sobrellevó con estoicismo las falsas interpretaciones acerca de sus obras.

En *El viejo y el mar* puso especial cuidado en retratar una pequeña comunidad de pescadores cubanos. Santiago representa una forma arcaica de pescar, donde el valor individual se mide en la resistencia de las presas. Leyes naturales —precisas, inflexibles, que parecen impuestas por el mismo océano— rigen las condiciones de este oficio e integran una sabiduría atávica que la modernidad confunde fácilmente con supersticiones.

Después de 84 días de fracaso Santiago decide transgredir el código que ha respetado su vida entera, y conduce su barca hasta un sitio remoto que garantiza buena pesca pero de donde es muy difícil regresar. El anciano deja atrás el confuso resplandor de los sargazos y se aventura en soledad a las aguas infestadas de tiburones. La desesperación y el orgullo lo impulsan a un lance contra todos los pronósticos.

Santiago no cree en la pesca inmerecida. Sólo el dolor y el coraje y el inaudito tesón pueden llevarlo a esa presa que se le parece tanto. En el mar hondo, combate con su reflejo; resiste contra sí mismo en el cordel que tensan sus manos destrozadas. Pero el atrevimiento rompe el equilibrio que ha mantenido con esa ecología de la rivalidad. El pescador entra a una zona donde puede probar el verdadero alcance de su fuerza, pero donde eso resulta inútil. Santiago atrapa un pez inmenso que no puede subir a bordo y debe remolcar a la costa entre el mar de los tiburones. Es el momento de resignarse y abandonar la lucha, pero el protagonista ya está lejos de las aguas de la calma; sin ninguna opción de éxito, combate hasta el final con los tiburones que transforman su trofeo en sangrienta carnada. Este gesto dramático y altivo está nimbado de religiosidad; es una prueba de entereza gratuita, sin recompensa posible, una plegaria devastada y fervorosa, que no será oída.

Santiago es devoto de la Virgen de la Caridad del Cobre, patrona de Cuba, y tiene una imagen de ella en su choza (posible alusión a que su difunta esposa peregrinó al santuario de la Caridad). La estatua de la Virgen fue encontrada en 1628 cuando flotaba en el mar, muy cerca de la costa de Cuba. El nombre de Santiago también vincula la religión con el mar. Cuando el apóstol Santiago murió en Tierra Santa, sus discípulos se hicieron con el cuerpo y lo trasladaron a Galicia en una embarcación. Siglos más tarde, el señor de Pimentel pidió la protección del santo para huir de los árabes a nado y salió del mar cubierto de conchas, las vieiras que se convertirían en talismán de los peregrinos que hacen el camino de Santiago.

La gesta del pescador cubano tiene mucho de martirio y peregrinación, pero sus resultados son seculares. Desde el título de su primer libro de cuentos, *En nuestro tiempo*, tomado de un libro de oraciones, Hemingway sugiere que las acciones más comunes tienen un trasfondo religioso, un horizonte que trasciende a los personajes pero que no se puede alcanzar y ni siquiera discutir: «No pienses en el pecado... hay gente a la que se paga por hacerlo», Santiago se dice a sí mismo. Enemigo de la introspección, Hemingway se abstiene de juzgar la conducta de sus personajes. En *El viejo y el mar* está a punto de romper este pacto y de transformar el mar de Santiago en una agitada iglesia. Las alusiones a la hagiografía cristiana son suficientes para crear un marco alegórico y para leer el relato como un fracaso de la moral ante la devastadora naturaleza: Santiago es un hombre de fe cuyas fatigas no tienen recompensa. Sin embargo, cada vez que el monólogo del pescador está a punto de volverse explicativo en exceso, Hemingway desordena la devoción de su protagonista y la complica con los vibrantes datos que arroja el mar. Cuando el pez salta entre la espuma y Santiago le arroja el arpón mortal, la descripción mantiene la dramática objetividad de la pesca —la destreza técnica como máxima aventura—, pero al mismo tiempo admite una idea popular de la ofrenda: «Se había vuelto plateado (originalmente era violáceo y plateado) y las franjas eran del mismo color violáceo pálido de su cola. Eran más anchas que la mano de un hombre con los dedos abiertos y los ojos del pez parecían tan indiferentes como los espejos de un periscopio o un santo en una procesión».

La frase más célebre de la novela es engañosa: «Un hombre puede ser destruido, pero no derrotado». Santiago arde en su propia energía; sin embargo, no busca, como el mártir, que su suplicio sea ejemplar. Sólo él y Manolín, el muchacho que fue su escudero, conocen el alcance de su hazaña. Extenuado, sin otro saldo de su lance que un magnífico esqueleto atado al barco, Santiago regresa a casa. Ya sin el apuro de la travesía, se permite descansar y sueña con la poderosa estampa que vio cuando trabajó como marino en las costas de África: una playa recorrida por los leones.

La victoria de Santiago consiste en esa tenue ensoñación después de la derrota. Una crónica de 1924 revela el sostenido interés de Hemingway por los combates donde las nociones de triunfo y de derrota cambian de signo. En una pelea de boxeo en el Cirque de París, el veterano Ledoux, de treinta y un años, desafió a Mascart, campeón de peso pluma de Europa, y le arrebató el título por decisión unánime. Al respecto, escribió Hemingway a los veinticinco años: «Luchando en un ring resbaloso por su propia sangre, superado en el boxeo, degradado, golpeado sin misericordia pero nunca dominado, Édouard Mascart perdió su título ante Charles Ledoux. Después de veinte *rounds* las facciones de su rostro se habían disuelto en una masa hinchada y sanguinolenta, sus ojos estaban casi cerrados, y a cada pocos segundos se veía obligado a escupir sangre de la boca. También Ledoux estaba bañado en sangre, pero no era la suya». El pasaje lleva el sello del periodista que percutía en el teclado hasta que la máquina de escribir echara humo; de manera significativa, también refrenda la convicción de Hemingway de que la resistencia a ultranza otorga una dignidad que refuta la derrota. «Golpeado sin misericordia pero nunca dominado», Édouard Mascart pertenece a la estirpe de Santiago; pierde el título pero se engrandece en su calvario.

En el combate del Cirque conviene resaltar, además,

la atracción del cronista por un veterano que regresa a imponer su ley. «No hay segundos actos en la historia americana», escribió Fitzgerald ante una sociedad enamorada del éxito que exigía a sus ídolos no sólo encumbrarse sino volver a hacerlo cuando ya parecía imposible. El más duro reto que impone la cultura popular norteamericana es el *comeback*, el regreso contra los pronósticos. Hemingway trabajó con denuedo para alterar la noción convencional del triunfo y no podía ignorar la gesta del retorno desafiante: *El viejo y el mar* es un *comeback* colosal y vacío, una portentosa acción sin resultados.

La novela también significaba el regreso del autor después de años poco productivos. No es casual que el relato de Santiago y la tardía y algo inesperada muestra de resistencia de Hemingway conectaran de inmediato con un público ávido de «segundos actos». En 1953 la novela apareció íntegra en la revista *Life*, con un tiraje de cinco millones de ejemplares; esta difusión no impidió que el libro se vendiera muy bien: *El viejo y el mar* se mantuvo 26 semanas en la lista de *best sellers* del *New York Times*. Ese año recibió el Premio Pulitzer. En 1954, después de sufrir dos accidentes de aviación en Uganda que provocaron anticipados obituarios y sugirieron que sus días de retorno no serían muchos, el sobreviviente Ernest Hemingway obtuvo el Premio Nobel.

El viejo y el mar encandiló al gran público como una fábula ejemplar y despertó el interés de lectores como el historiador de arte Bernard Berenson, incapaz de vestirse o de contemplar algo sin absoluta sofisticación. De acuerdo con Berenson, el estilo marino de Hemingway resulta superior a la «inflada grandilocuencia» de Melville. El novelista de Oak Park, por lo general ajeno a la respuesta crítica, atesoró este comentario y lo mostraba con candorosa felicidad de boxeador: Santiago había vencido a Ahab.

Lección de objetividad, la prosa de Hemingway rara vez admite los devaneos de la conciencia. Hasta 1951, ningún personaje del autor había estado tanto tiempo solo como Santiago. La novela transmite lo que pasa en una mente atribulada; sin embargo, más allá de ciertas declaraciones de hermandad con el pez o del recordatorio de que el padre de Joe Di Maggio fue pescador como san Pablo, son los datos los que otorgan trascendencia al relato. Santiago ve el entorno con pragmática inmediatez; el bien y el mal son para él formas de tensar cordeles.

El viejo y el mar es un apabullante seminario sobre el arte de pescar con precariedad. Numerosos eruditos han recorrido en lancha las aguas del Caribe, han contado los metros de cordel, las horas de lucha y las técnicas de acoso, confirmando la veracidad del relato, asunto de interés marginal y más bien estadístico; lo decisivo es la sensación de realidad que transmite Hemingway. Los días y las noches de Santiago dependen de la forma en que trabaja con unos cuantos enseres en un espacio mínimo. «El hombre acorralado se vuelve elocuente», ha escrito George Steiner. Inculto, exhausto, casi mudo, Santiago adquiere poderosa elocuencia en sus intrincadas maniobras con el sedal. En una carta de 1958, Italo Calvino le escribe a Carlo Cassola: «Contra Gide y la escritura del intelectualismo, escogí a Hemingway y la literatura de los hechos». Deslumbrado por *Fiesta*, Calvino aprendió en Hemingway, no a renunciar a la interioridad en favor de una fría descripción de lo real, sino a expresar las emociones y las ideas a partir de lo que hacen los personajes.

En *El viejo y el mar* Hemingway lleva hasta sus últimas consecuencias el procedimiento de mostrar una conciencia a partir de su trato con las cosas. Seguramente, se trata de una obra más programática que los cuentos de Hemingway, donde la conclusión moral depende por entero del lector. Construida casi al modo de una parábola sobre el coraje y el combate contra la invencible naturaleza, *El viejo y el mar* permite, sin embargo, diversas lecturas.

Un interesante tema de controversia es la edad de Manolín, el muchacho que aprendió a pescar con Santiago y le lleva comida y periódicos con los resultados del béisbol. En las adaptaciones cinematográficas, las versiones en cómic o dibujos animados y la mayoría de las lecturas críticas, se asume que se trata de un niño o un adolescente, lo cual enfatiza el tono ejemplar del relato. Si la lección de Santiago ocurre en beneficio de Manolín y su mirada inocente, se espera del lector una actitud similar: el azoro ante los incuestionables portentos de un cuento de hadas para adultos. De nueva cuenta, el béisbol sirvió a Bickford Sylvester como oráculo ante el enigma de Manolín. El muchacho compara su destino con el del beisbolista Dick Sisler, cuyo padre debutó en las Grandes Ligas a la edad de Manolín. Sylvester comenta que el olvidado George Sisler empezó su discreta trayectoria a los veintidós años. Tal es la edad de Manolín. Esto explica que pueda hacer un trabajo físico tan pesado como cargar los cordeles de pesca y que Santiago realmente requiera de su apoyo a bordo. Al mismo tiempo, enfatiza el rito de paso del personaje; socialmente, sigue siendo un joven manipulable, sujeto a un patriarcado que le impide crecer y lo obliga a asumir la pesca como una tarea indiferenciada donde el mar es una fábrica. Él ha aprendido otras cosas con el viejo y está en condiciones de demostrarlo, pero no se atreve. Su llanto es el de un adulto que comprende su cobardía y no el de un niño conmovido por el fracaso del anciano. Al revisar el guión cinematográfico de la novela, Hemingway se topó con este parlamento de Manolín: «El padre del gran Sisler jugó en las Grandes Ligas a los dieciséis años». Fiel a su código de no revelar su obra, el autor se limitó a escribir al margen: «El muchacho es impreciso en este dato».

En su célebre ensayo «Hemingway: Instrumento moral», Edmund Wilson no tomó en cuenta *El viejo y el mar* (escribió la primera versión en 1939 y le hizo un añadido en 1941); con todo, su reflexión se aplica a los logros de la novela y los desafíos de lectura que suscita:

«Con una sensibilidad casi inigualada, [Hemingway] ha sabido responder a cada presión del clima moral de la época, tal y como se experimenta en las raíces de las relaciones humanas... A fin de cuentas, todo lo que ocurre en el mundo, tanto en el plano político como en el atlético, depende del valor y la fuerza». Poco más adelante, Wilson comenta que para el novelista de *Adiós a las armas* el valor y la fuerza «siempre se conciben en términos físicos». Las acciones deciden por los personajes. Esto explica la facilidad con que el autor conecta con muy diversos tipos de lectores; también, que muchas veces sea simplificado. La escasa introspección del héroe de Hemingway, su dependencia casi absoluta de la exterioridad, permite que el lector veloz o distraído siga la trama sin buscar la intrincada red de significados bajo la superficie del relato, el mundo *interior* que se desprende de lo que sucede. En *El viejo y el mar* el veterano Hemingway trató de cerrar este abismo con una historia que recreara los hechos en estado puro y al mismo tiempo los sometiera a discusión. Enemigo de la novela de ideas, concibió un personaje para quien la mente es algo intensamente práctico, una extensión de su esquife a la deriva. Cuando

Santiago está a punto de explicarse a sí mismo y de convertir su monólogo en un autoanálisis o una plegaria, un venturoso golpe del oleaje desvía el tren de sus ideas. La tentación del manierismo rozó el texto pero Hemingway preservó su misterio, al grado de que aún se discute la edad de un personaje o la pertinencia de ciertas asociaciones religiosas.

En el día 85 de su temporada sin pesca Santiago enfiló hacia aguas imprecisas. Pensaba en Joe Di Maggio y en lo que él sabía hacer con sus manos, aunque la izquierda nunca fue muy buena. Llevaba suficientes metros de cordel, anzuelos, un arpón y otros rudimentos. Se olvidó de dos lujos necesarios: una botella de agua y un poco de sal.

Con esos mínimos materiales, Ernest Hemingway compuso su último relato maestro. Treinta años después de describir la pesca de atún en Galicia, volvió al mar donde lo aguardaba su peculiar camino de Santiago.

JUAN VILLORO

EL VIEJO Y EL MAR

A Charles Scribner
y Max Perkins

Era un viejo que pescaba solo en una barca en la corriente del Golfo y llevaba ochenta y cuatro días sin coger un pez. Durante los primeros cuarenta días había tenido consigo a un muchacho. Pero después de cuarenta días sin haber pescado, los padres del muchacho le habían dicho que el viejo estaba definitiva y rematadamente *salao*,* que es la peor forma del infortunio, y por orden de sus padres el muchacho había salido en otro bote que en la primera semana cogió tres buenos peces. Entristecía al muchacho ver al viejo regresar todos los días con su barca vacía, y siempre se acercaba a ayudarle a cargar los rollos de sedal o el bichero y el arpón y la vela arrollada al mástil. La

---

* Todas las palabras compuestas en cursiva figuran en castellano en el original inglés. *(N. del E.)*

vela estaba remendada con sacos de harina y, arrollada, parecía la bandera de la derrota permanente.

El viejo era flaco y desgarbado, con arrugas profundas en la parte posterior del cuello. Sus mejillas mostraban las pardas manchas del benigno cáncer de piel que en el mar tropical produce el sol con sus reflejos. Estas manchas corrían por los lados de su cara hasta bastante abajo y sus manos tenían las profundas cicatrices que causa la manipulación de los cabos al faenar con peces grandes. Pero ninguna de estas cicatrices era reciente. Eran tan viejas como las erosiones de un árido desierto.

Todo en él era viejo, salvo sus ojos; y éstos tenían el color mismo del mar y eran alegres e invictos.

—Santiago —le dijo el muchacho mientras trepaban por la orilla desde donde quedaba varada la barca—. Yo podría volver a salir con usted. Hemos hecho algún dinero.

El viejo había enseñado al muchacho a pescar y el muchacho le tenía cariño.

—No —dijo el viejo—. Estás en un bote que tiene buena suerte. Sigue con ellos.

—Pero recuerde que una vez llevaba ochenta y siete

días sin pescar nada y luego cogimos peces grandes todos los días durante tres semanas.

—Lo recuerdo —dijo el viejo—. Y sé que no me dejaste porque hubieses perdido la esperanza.

—Fue papá quien me obligó. Soy un chiquillo y tengo que obedecerle.

—Lo sé —dijo el viejo—. Es lo normal.

—Papá no tiene mucha fe.

—No. Pero nosotros sí, ¿verdad?

—Sí —dijo el muchacho—. ¿Me permite invitarle a una cerveza en la Terraza? Luego llevaremos las cosas a casa.

—¿Por qué no? —dijo el viejo—. Entre pescadores.

Se sentaron en la Terraza. Muchos de los pescadores se burlaban del viejo, pero él no se molestaba. Otros, entre los más viejos, lo miraban y se ponían tristes. Pero no lo mostraban y se referían cortésmente a la corriente y a las hondonadas donde habían tendido sus sedales, al continuo buen tiempo y a lo que habían visto. Los pescadores que aquel día habían tenido éxito habían llegado y habían limpiado sus agujas y las llevaban tendidas sobre dos tablas, con dos hombres tambaleándose al extremo de cada tabla, a la pescadería, donde esperaban a que el camión del hielo las llevara al mercado de La Habana. Los que habían pescado tiburones los habían llevado a la factoría de tiburones, al otro lado de la ensenada, donde los izaban en aparejos de polea, les sacaban los hígados, les cortaban las aletas y los desollaban y cortaban su carne en trozos para salarla.

Cuando el viento soplaba del este el hedor procedente de la fábrica de tiburones se extendía por todo el puerto, pero hoy no se notaba más que un débil tufo porque el viento había vuelto hacia el norte y luego había dejado de soplar y se estaba bien allí, al sol, en la Terraza.

—Santiago —dijo el muchacho.

—Qué —dijo el viejo. Con el vaso en la mano pensaba en las cosas de hacía muchos años.

—¿Puedo ir a buscarle sardinas para mañana?

—No. Ve a jugar al béisbol. Todavía puedo remar y Rogelio tirará la atarraya.

—Me gustaría ir. Si no puedo pescar con usted me gustaría serle útil de alguna manera.

—Me has invitado a una cerveza —dijo el viejo—. Ya eres un hombre.

—¿Qué edad tenía cuando me llevó por primera vez en un bote?

—Cinco años. Y por poco pierdes la vida cuando subí aquel pez demasiado vivo que estuvo a punto de destrozar el bote. ¿Te acuerdas?

—Recuerdo cómo brincaba y pegaba coletazos, y que el banco se rompía, y el ruido de los garrotazos. Recuerdo que usted me arrojó a la proa, donde estaban los sedales mojados y enrollados. Y que todo el bote temblaba, y el estrépito que usted armaba dándole garrotazos, como si talara un árbol, y el pegajoso olor a sangre que me envolvía.

—¿Lo recuerdas realmente o es que yo te lo he contado?

—Lo recuerdo todo, desde la primera vez que salimos juntos.

El viejo lo miró con sus afectuosos y confiados ojos quemados por el sol.

—Si fueras hijo mío, me arriesgaría a llevarte —dijo—. Pero tú eres de tu padre y de tu madre y estás en un bote que tiene suerte.

—¿Puedo ir a buscarle las sardinas? También sé dónde conseguir cuatro carnadas.

—Tengo las mías, que me han sobrado de hoy. Las puse en sal en la caja.

—Déjeme traerle cuatro cebos frescos.

—Uno —dijo el viejo. Su fe y su esperanza no le habían fallado nunca. Pero ahora empezaban a revigorizarse como cuando se levanta la brisa.

—Dos —dijo el muchacho.

—Dos —aceptó el viejo—. ¿No los has robado?

—Lo hubiera hecho —dijo el muchacho—. Pero éstos los compré.

—Gracias —dijo el viejo. Era demasiado simple para preguntarse cuándo había alcanzado la humildad. Pero sabía que la había alcanzado y sabía que no era vergonzoso y que no comportaba pérdida del orgullo verdadero.

—Con esta brisa ligera, mañana va a hacer buen día —dijo.

—¿Adónde piensa ir? —le preguntó el muchacho.

—Saldré lejos para regresar cuando cambie el viento. Quiero estar fuera antes que sea de día.

—Voy a hacer que mi patrón salga lejos a faenar —dijo el muchacho—. Así si usted engancha algo realmente grande podremos ayudarle.

—A tu patrón no le gusta faenar demasiado lejos.

—No —dijo el muchacho—. Pero yo veré algo que él no podrá ver: un ave trabajando, por ejemplo. Así haré que salga siguiendo a los dorados.

—¿Tan mala tiene la vista?

—Está casi ciego.

—Es extraño —dijo el viejo—. Jamás ha ido a la pesca de tortugas. Eso es lo que mata los ojos.

—Pero usted ha ido a la pesca de tortugas durante varios años, por la costa de los Mosquitos, y tiene buena vista.

—Yo soy un viejo extraño.

—Pero ¿ahora se siente bastante fuerte como para un pez realmente grande?

—Creo que sí. Y hay muchos trucos.

—Vamos a llevar las cosas a casa —dijo el muchacho—. Luego cogeré la atarraya y me iré a buscar las sardinas.

Recogieron el aparejo del bote. El viejo se echó el mástil al hombro y el muchacho cargó la caja de madera de los rollos de sedal pardo de malla prieta, el bichero y el arpón con su mango. La caja de las carnadas estaba

35

bajo la popa, junto a la porra que usaba para rematar a los peces grandes cuando los arrimaba al bote. Nadie sería capaz de robarle nada al viejo, pero era mejor llevar a casa la vela y los sedales gruesos puesto que el rocío los dañaba, y aunque estaba seguro de que ninguno de la localidad le robaría nada, el viejo pensaba que el arpón y el bichero eran tentaciones y que no había por qué dejarlos en la barca.

Marcharon juntos camino arriba hasta la cabaña del viejo y entraron; la puerta estaba abierta. El viejo inclinó el mástil con su vela arrollada contra la pared y el muchacho puso la caja y el resto del aparejo junto a él. El mástil era casi tan largo como el cuarto único que formaba la choza. Ésta estaba hecha de recias pencas de la palma real que llaman *guano*, y había una cama, una mesa, una silla y un lugar en el piso de tierra para cocinar con carbón. En las paredes, de aplastadas y superpuestas hojas pardas de *guano* de resistente fibra había una imagen en colores del Sagrado Corazón de Jesús y otra de la Virgen del Cobre. Eran reliquias de su esposa. En otro tiempo había habido una desvaída foto de su esposa en la pared, pero la había quitado porque verla le hacía sentirse demasiado solo, y ahora estaba en el estante del rincón, bajo su camisa limpia.

—¿Qué tiene para comer? —preguntó el muchacho.

—Una cazuela de arroz amarillo con pescado. ¿Quieres un poco?

—No. Comeré en casa. ¿Quiere que le encienda la lumbre?

—No. Yo la encenderé luego. O quizá me coma el arroz frío.

—¿Puedo llevarme la atarraya?

—Desde luego.

No había ninguna atarraya. El muchacho recordaba que la habían vendido. Pero todos los días pasaban por esta ficción. No había ninguna cazuela de arroz amarillo con pescado, y el muchacho lo sabía igualmente.

—El ochenta y cinco es un número de suerte —dijo el viejo—. ¿Qué te parece si me vieras volver con un pez que, destripado, pesara más de mil libras?

—Voy a coger la atarraya y salir por las sardinas. ¿Se quedará sentado al sol, a la puerta?

—Sí. Tengo ahí el periódico de ayer y voy a leer los partidos de béisbol.

El muchacho se preguntó si el periódico de ayer no sería también una ficción. Pero el viejo lo sacó de debajo de la cama.

—Perico me lo dio en la *bodega* —explicó.

—Volveré cuando tenga las sardinas. Guardaré las suyas junto con las mías en hielo y por la mañana nos las repartiremos. Cuando vuelva me contará lo del béisbol.

—Los Yankees no pueden perder.

—Pero yo les tengo miedo a los Indios de Cleveland.

—Ten fe en los Yankees, hijo. Piensa en el gran Di Maggio.

—Les tengo miedo a los Tigres de Detroit y a los Indios de Cleveland.

—Ten cuidado, no vayas a tenerles miedo también a los Rojos de Cincinnati y a los White Sox de Chicago.

—Usted estudia eso y me lo cuenta cuando vuelva.

—¿Crees que debiéramos comprar unos billetes de la lotería que terminen en un ochenta y cinco? Mañana hace el día ochenta y cinco.

—Podemos hacerlo —dijo el muchacho—. Pero ¿qué me dice de su gran récord, el ochenta y siete?

—No podría suceder dos veces. ¿Crees que puedas encontrar un ochenta y cinco?

—Puedo pedirlo.

—Un billete entero. Eso hace dos dólares y medio. ¿Quién podría prestárnoslos?

—Eso es fácil. Yo siempre encuentro quien me preste dos dólares y medio.

—Creo que yo también. Pero trato de no pedir prestado. Primero pides prestado; luego pides limosna.

—Abríguese, viejo —dijo el muchacho—. Recuerde que estamos en septiembre.

—El mes en que vienen los grandes peces —dijo el viejo—. En mayo cualquiera es pescador.

—Ahora voy por las sardinas —dijo el muchacho.

Cuando volvió el muchacho el viejo estaba dormido en la silla. El sol se estaba poniendo. El muchacho cogió la desgastada frazada de la cama y se la echó al viejo sobre los hombros. Eran unos hombros extraños, todavía poderosos, aunque muy viejos, y el cuello era también fuerte todavía, y las arrugas no se veían tanto cuando el viejo estaba dormido y con la cabeza derribada hacia delante. Su camisa había sido remendada tantas veces que era como la vela, y los remiendos descoloridos por el sol eran de varios tonos. La cabeza del viejo era sin embargo muy vieja, y con los ojos cerrados no había vida en su rostro. El periódico yacía sobre sus rodillas y el peso de sus brazos lo sujetaba allí contra la brisa del atardecer. Estaba descalzo.

El muchacho lo dejó allí y, cuando volvió, el viejo estaba todavía dormido.

—Despierte, viejo —dijo el muchacho, y le puso la mano en una de sus rodillas.

El viejo abrió los ojos y por un momento fue como si regresara de muy lejos. Entonces sonrió.

—¿Qué traes? —preguntó.

—La comida —dijo el muchacho—. Vamos a comer.

—No tengo mucha hambre.

—Vamos, venga a comer. No puede pescar sin comer.

—Habrá que hacerlo —dijo el viejo, levantándose y cogiendo el periódico y doblándolo. Luego empezó a doblar la frazada.

—No se quite la frazada —dijo el muchacho—. Mientras yo viva no saldrá a pescar sin comer.

—Entonces vive mucho tiempo y cuídate —dijo el viejo—. ¿Qué vamos a comer?

—Frijoles negros con arroz, plátanos fritos y un poco de asado.

El muchacho lo había traído de la Terraza en una cantina metálica. Traía en el bolsillo dos juegos de cubiertos, cada uno envuelto en una servilleta de papel.

—¿Quién te ha dado esto?

—Martín. El dueño.

—Tengo que darle las gracias.

—Ya se las he dado yo —dijo el muchacho—. No tiene que dárselas usted.

—Le daré la ventrecha de un gran pescado —dijo el viejo—. ¿Ha hecho esto por nosotros más de una vez?

—Creo que sí.

—Entonces tendré que darle más que la ventrecha. Es muy considerado con nosotros.

—Mandó dos cervezas.

—Me gusta más la cerveza en lata.

—Lo sé. Pero ésta es en botella. Cerveza Hatuey. Y yo devuelvo las botellas.

—Muy amable de tu parte —dijo el viejo—. ¿Comemos?

—Es lo que yo proponía —le dijo el muchacho—.

No he querido abrir la cantina hasta que estuviera usted listo.

—Ya estoy listo —dijo el viejo—. Sólo necesitaba tiempo para lavarme.

¿Dónde se lavaba?, pensó el muchacho. El pozo del pueblo estaba a dos manzanas de distancia, camino abajo. Debí haberle traído agua, pensó el muchacho; y jabón y una buena toalla. ¿Por qué seré tan desconsiderado? Tengo que conseguirle otra camisa y una chaqueta para el invierno y alguna clase de zapatos y otra frazada.

—Tu asado es excelente —dijo el viejo.

—Hábleme de béisbol —le pidió el muchacho.

—En la Liga americana, como te dije, los Yankees —dijo el viejo muy contento.

—Hoy perdieron —le dijo el muchacho.

—Eso no significa nada. El gran Di Maggio vuelve a ser lo que era.

—Tienen otros hombres en el equipo.

—Naturalmente. Pero él marca la diferencia. En la otra Liga, entre el Brooklyn y el Filadelfia, tengo que quedarme con el Brooklyn. Pero luego pienso en Dick Sisler y en aquellos lineazos suyos en el viejo parque.

—Nunca hubo nada como ellos. Jamás he visto a nadie mandar la pelota tan lejos.

—¿Recuerdas cuando venía a la Terraza? Yo quería llevarlo a pescar, pero era demasiado tímido para proponérselo. Luego te pedí a ti que se lo propusieras y tú eras también demasiado tímido.

—Lo sé. Fue un gran error. Podría haber ido con nosotros. Luego eso nos quedaría para toda la vida.

—Me hubiera gustado llevar a pescar al gran Di Maggio —dijo el viejo—. Dicen que su padre era pescador. Quizá fuese tan pobre como nosotros y comprendiera.

—El padre del gran Sisler no fue nunca pobre y él, el padre, jugó en las Grandes Ligas cuando tenía mi edad.

—Cuando yo tenía tu edad estaba de marinero en un velero de altura que iba a África, y he visto leones en las playas al atardecer.

—Lo sé. Me lo ha contado.

—¿Hablamos de África o de béisbol?

—Mejor de béisbol —dijo el muchacho—. Hábleme del gran John J. McGraw.

—A veces, en los viejos tiempos, solía venir también a la Terraza. Pero era rudo y mal hablado y difícil cuando estaba bebido. No sólo pensaba en la pelota, sino también en los caballos. Por lo menos llevaba listas de caballos constantemente en el bolsillo, y con frecuencia pronunciaba nombres de caballos por teléfono.

—Era un gran entrenador —dijo el muchacho—. Mi padre cree que era el más grande.

—Porque es el que vino por aquí más veces —dijo el viejo—. Si Durocher hubiera seguido viniendo cada año, tu padre pensaría que él era el mejor entrenador.

—¿Quién es realmente el mejor entrenador, Luque o Mike González?

—Creo que son iguales.

—El mejor pescador es usted.

—No. Conozco otros mejores.

—*Qué va* —dijo el muchacho—. Hay muchos buenos pescadores y algunos grandes pescadores. Pero como usted ninguno.

—Gracias. Me haces feliz. Ojalá no se presente un pez tan grande que nos haga quedar mal.

—No existe tal pez, si está usted tan fuerte como dice.

—Quizá no esté tan fuerte como creo —dijo el viejo—. Pero conozco muchos trucos y tengo voluntad.

—Ahora debiera ir a acostarse para estar descansado por la mañana. Yo llevaré otra vez las cosas a la Terraza.

—Entonces buenas noches. Te despertaré por la mañana.

—Usted es mi despertador —dijo el muchacho.

—La edad es mi despertador —dijo el viejo—. ¿Por qué los viejos se despertarán tan temprano? ¿Será para tener un día más largo?

—No lo sé —dijo el muchacho—. Lo único que sé es que los chicos jóvenes duermen profundamente y hasta tarde.

—Lo recuerdo —dijo el viejo—. Te despertaré temprano.

—No me gusta que sea el patrón quien me despierte. Es como si yo fuera inferior.

—Comprendo.

—Que duerma bien, viejo.

El muchacho salió. Habían comido sin luz en la mesa y el viejo se quitó los pantalones y se fue a la cama a oscuras. Enrolló los pantalones para hacer una almohada, poniendo el periódico dentro de ellos. Se envolvió en la frazada y durmió sobre los otros periódicos viejos que cubrían los muelles de la cama.

Se quedó dormido enseguida y soñó con África, en la época en que era un muchacho, y con las largas playas doradas y las playas blancas, tan blancas que lastimaban los ojos, y los altos promontorios y las grandes montañas pardas. Vivía entonces todas las noches a lo largo de aquella costa y en sus sueños sentía el rugido de las olas contra la rompiente y veía venir a través de ellas los botes de los nativos. Sentía el olor a brea y estopa de la cubierta mientras dormía y sentía el olor de África que la brisa de tierra traía por la mañana.

Generalmente, cuando olía la brisa de tierra despertaba y se vestía y se iba a despertar al muchacho. Pero esta noche el olor de la brisa de tierra vino muy temprano y él sabía que era demasiado temprano en su sueño y siguió soñando para ver los blancos picos de las islas que se levantaban del mar y luego soñó con los diferentes puertos de las islas Canarias.

No soñaba ya con tormentas ni con mujeres ni con grandes acontecimientos ni con grandes peces ni con peleas ni con competencias de fuerza ni con su esposa. Sólo soñaba ya con lugares y con los leones en la playa. Jugaban como gatitos a la luz del crepúsculo y él les tenía cariño lo mismo que al muchacho. No soñaba jamás con el muchacho. Simplemente despertaba, miraba por la puerta abierta a la luna y desenrollaba sus pantalones y se los ponía. Orinaba junto a la choza y luego subía por el camino a despertar al muchacho. Temblaba con el frío de la mañana. Pero sabía que temblando se calentaría y que pronto estaría remando.

La puerta de la casa donde vivía el muchacho no estaba cerrada con llave; la abrió con sigilo y entró descalzo. El muchacho estaba dormido en un catre en el primer cuarto y el viejo podía verlo claramente a la luz de la luna moribunda. Le cogió suavemente un pie y lo apretó hasta que el muchacho despertó y se volvió y lo miró. El viejo le hizo una seña con la cabeza y el muchacho cogió sus pantalones de la silla junto a la cama y, sentándose en ella, se los puso.

El viejo salió afuera y el muchacho vino tras él. Estaba soñoliento y el viejo le echó el brazo sobre los hombros y dijo:

—Lo siento.

—*Qué va* —dijo el muchacho—. Es lo que debe hacer un hombre.

Marcharon camino abajo hasta la cabaña del viejo; y a lo largo de todo el camino, en la oscuridad, se veían hombres descalzos portando los mástiles de sus botes.

Cuando llegaron a la choza del viejo el muchacho cogió los rollos de sedal de la cesta, el arpón y el bichero, y el viejo llevó el mástil con la vela arrollada al hombro.

—¿Quiere usted café? —preguntó el muchacho.

—Pondremos el aparejo en el bote y luego tomaremos un poco.

Tomaron café en latas de leche condensada en un puesto que abría temprano y servía a los pescadores.

—¿Qué tal ha dormido, viejo? —preguntó el muchacho.

Ahora estaba despertando aunque todavía le era difícil dejar su sueño.

—Muy bien, Manolín —dijo el viejo—. Hoy me siento confiado.

—Lo mismo yo —dijo el muchacho—. Ahora voy a buscar sus sardinas y las mías y sus carnadas frescas. El dueño trae él mismo nuestro aparejo. No quiere nunca que nadie lleve nada.

—Somos diferentes —dijo el viejo—. Yo te dejaba llevar las cosas cuando tenías cinco años.

—Lo sé —dijo el muchacho—. Vuelvo enseguida. Tome otro café. Aquí tenemos crédito.

Salió, descalzo, por las rocas de coral hasta la nevera donde se guardaban las carnadas.

El viejo tomó lentamente su café. Era lo único que tomaría en todo el día y sabía que debía tomarlo. Hacía mucho tiempo que le mortificaba comer y jamás se llevaba almuerzo. Tenía una botella de agua en la proa de la barca y eso era lo único que necesitaba para todo el día.

El muchacho estaba de vuelta con las sardinas y las dos carnadas envueltas en un periódico y bajaron por la vereda hasta la barca, sintiendo la arena con piedrecitas bajo los pies, y levantaron la barca y la empujaron al agua.

—Buena suerte, viejo.

—Buena suerte —dijo el viejo.

Ajustó las amarras de los remos a los toletes y echándose adelante contra los remos empezó a remar, saliendo del puerto en la oscuridad. Había otros botes de otras playas que salían a la mar y el viejo sentía sumergirse las palas de los remos y empujar aunque no podía verlos ahora que la luna se había ocultado detrás de las lomas.

A veces alguien hablaba en un bote. Pero en su mayoría los botes iban en silencio, salvo por el rumor de los remos. Se desplegaron después de haber salido de la boca del puerto y cada uno se dirigió hacia aquella parte del océano donde esperaba encontrar peces. El viejo sabía que se alejaría mucho de la costa y dejó atrás el olor a tierra y entró remando en el limpio olor matinal del océano. Vio la fosforescencia de los sargazos en el agua mientras remaba sobre aquella parte del océano que los pescadores llamaban el gran hoyo porque se producía una súbita hondonada de setecientas brazas, donde se congregaba toda suerte de peces debido al remolino que hacía la corriente contra las escabrosas paredes del lecho del océano. Había aquí concentraciones de camarones y peces de carnada y a veces bandadas de calamares en los hoyos más profundos y de noche se levantaban a la superficie donde todos los peces merodeadores se cebaban en ellos.

En la oscuridad el viejo podía sentir cómo venía la mañana y mientras remaba oía el tembloroso rumor de los peces voladores que salían del agua y el siseo que sus rígidas alas hacían surcando el aire en la oscuridad. Sentía una gran atracción por los peces voladores que eran sus principales amigos en el océano. Sentía compasión por las aves, especialmente las pequeñas, delicadas y oscuras golondrinas de mar que andaban siempre volando y buscando y casi nunca encontraban, y pensó: las aves llevan una vida más dura que nosotros, salvo las de rapiña y las grandes y fuertes. ¿Por qué habrán hecho pájaros tan delicados y tan finos como esas golondrinas de mar cuando el océano es capaz de tanta crueldad? La mar es dulce y hermosa. Pero puede ser cruel, y se encoleriza tan súbitamente, y esos pájaros que vuelan picando y cazando, con sus tristes vocecillas, son demasiado delicados para la mar.

Decía siempre *la mar*. Así es como le dicen en español cuando la quieren. A veces los que la quieren hablan mal de *ella*, pero lo hacen siempre como si fuera una mujer. Algunos de los pescadores más jóvenes, los que usaban boyas y flotadores para sus sedales y tenían botes de motor comprados cuando los hígados de tiburón se cotizaban alto, empleaban el artículo masculino, lo llamaban *el mar*. Hablaban del mar como de un contendiente o un lugar, o incluso un enemigo. Pero el viejo lo concebía siempre como perteneciente al género femenino y como algo que concedía o negaba grandes favores, y si hacía cosas perversas y terribles era porque no podía evitarlo. La luna, pensaba, le afectaba lo mismo que a una mujer.

Remaba firme y seguidamente y no le costaba un esfuerzo excesivo porque se mantenía en su límite de velocidad y la superficie del océano era plana, salvo por los ocasionales remolinos de la corriente. Dejaba que la corriente hiciera un tercio de su trabajo y cuando empezó a clarear vio que se hallaba ya más lejos de lo que había esperado estar a esa hora.

Durante una semana, pensó, he trabajado en las profundas hondonadas, y no hice nada. Hoy trabajaré allá donde están las manchas de bonitos y albacoras, y acaso haya un pez grande con ellos.

Antes de que se hiciera realmente de día había sacado sus carnadas y estaba derivando con la corriente. Un cebo llegaba a una profundidad de cuarenta brazas. El segundo a sesenta y cinco y el tercero y el cuarto descendían por el agua azul hasta cien y ciento veinticinco brazas.

Cada cebo pendía cabeza abajo con el asta o tallo del

anzuelo dentro del pescado que servía de carnada, sólidamente cosido y amarrado; toda la parte saliente del anzuelo, la curva y el garfio, estaba recubierta de sardinas frescas. Cada sardina había sido empalada por los ojos, de modo que hacían una semiguirnalda en el acero saliente. No había ninguna parte del anzuelo que pudiera dar a un gran pez la impresión de que no era algo sabroso y de olor apetecible.

El muchacho le había dado dos pequeños bonitos frescos, que colgaban de los sedales más profundos como plomadas, y en los otros tenía una abultada cojinúa y un cibele que habían sido usados antes, pero estaban en buen estado, y las excelentes sardinas les prestaban aroma y atracción. Cada sedal, del espesor de un lápiz grande, iba enroscado a una varilla verdosa, de modo que cualquier tirón o picada al cebo haría sumergir la varilla; y cada sedal tenía dos adujas o rollos de cuarenta brazas que podían empatarse a los rollos de repuesto, de modo que, si era necesario, un pez podía llevarse más de trescientas brazas.

El hombre vio ahora descender las tres varillas sobre la borda de la barca y remó suavemente para mantener los sedales estirados y a su debida profundidad. Era día pleno y el sol podía salir en cualquier momento.

El sol se levantó tenuemente del mar y el viejo pudo ver los otros botes, bajitos en el agua, y bien hacia la costa, desplegados a lo largo de la corriente. El sol se tornó más brillante y su resplandor cayó sobre el agua; luego, al levantarse más en el cielo, el plano mar lo hizo rebotar contra los ojos del viejo, hasta causarle daño; y siguió remando sin mirarlo. Miraba hacia abajo y vigilaba los sedales que se sumergían verticalmente en la tiniebla del agua. Los mantenía más rectos que nadie, de manera que a cada nivel en la tiniebla de la corriente hubiera un cebo esperando exactamente donde él quería que estuviera por cualquier pez que pasara por allí. Otros los dejaban correr a la deriva con la corriente y a veces estaban a sesenta brazas cuando los pescadores creían que estaban a cien.

Pero, pensó el viejo, yo los mantengo con precisión. Lo que pasa es que ya no tengo suerte. Pero ¿quién sabe? Acaso hoy. Cada día es un nuevo día. Es mejor tener suerte. Pero yo prefiero ser exacto. Así, cuando viene la suerte estás dispuesto.

El sol estaba ahora dos horas más alto y no le hacía

tanto daño a los ojos mirar al este. Ahora sólo había tres botes a la vista y lucían muy bajo y muy lejos hacia la orilla.

Toda mi vida me ha hecho daño en los ojos el sol naciente, pensó. Sin embargo, todavía están fuertes. Al atardecer puedo mirarlo de frente sin deslumbrarme. Y por la tarde tiene más fuerza. Pero por la mañana es doloroso.

Justamente entonces vio una de esas aves marinas llamadas fragatas con sus largas alas negras girando en el cielo sobre él. Hizo una rápida picada, ladeándose hacia abajo, con sus alas tendidas hacia atrás, y luego siguió girando nuevamente.

—Tiene algo —dijo en voz alta el viejo—. No sólo está mirando.

Remó lentamente y con firmeza hacia donde el ave estaba trazando círculos. No se apuró y mantuvo los sedales verticales. Pero había forzado un poco la marcha a favor de la corriente, de modo que todavía estaba pescando con corrección, pero más lejos de lo que hubiera pescado si no tratara de guiarse por el ave.

El ave se elevó más en el aire y volvió a girar, sus alas

inmóviles. Luego picó de súbito y el viejo vio una bandada de peces voladores que brotaban del agua y navegaban desesperadamente sobre la superficie.

—Dorados —dijo en voz alta el viejo—. Dorados grandes.

Montó los remos y sacó un pequeño sedal de debajo de la proa. Tenía un alambre y un anzuelo de tamaño mediano y lo cebó con una de las sardinas. Lo soltó por sobre la borda y luego lo amarró a una argolla a popa. Después cebó otro sedal y lo dejó enrollado a la sombra de la proa. Volvió a remar y a mirar al ave negra de largas alas que ahora trabajaba a poca altura sobre el agua.

Mientras él miraba, el ave picó de nuevo ladeando sus alas para el buceo y luego salió agitándolas fiera y fútilmente siguiendo a los peces voladores. El viejo podía ver la leve comba que formaban en el agua los dorados grandes siguiendo a los peces fugitivos. Los dorados se abrían paso, disparados, bajo el vuelo de los peces y estarían, moviéndose velozmente, en el lugar donde cayeran los peces voladores. Es un gran banco de dorados, pensó. Están desplegados ampliamente: pocas probabilidades de escapar tienen los peces voladores. El ave no va a conseguir nada. Los peces voladores son demasiado grandes para ella, y van demasiado rápido.

El hombre observó cómo los peces voladores se impulsaban una y otra vez y los inútiles movimientos del ave. Esa mancha de peces se me ha escapado, pensó. Se están alejando demasiado rápido, y van demasiado lejos. Pero acaso coja alguno extraviado, y es posible que mi pez grande esté en sus alrededores. Mi pez grande tiene que estar en alguna parte.

Las nubes se levantaban ahora sobre la tierra como montañas y la costa era sólo una larga línea verde con las lomas de un azul grisáceo al fondo. El agua era ahora de un azul profundo, tan oscuro que casi resultaba violeta. Al bajar la vista vio el color rojo del plancton esparcido en el agua oscura y la extraña luz que ahora daba el sol. Examinó sus sedales y los vio descender rectamente hacia abajo y perderse de vista; y se sintió feliz viendo tanto plancton porque eso significaba que había peces.

La extraña luz que el sol hacía en el agua, ahora que estaba más alto, significaba buen tiempo, y lo mismo la forma de las nubes sobre la tierra. Pero el ave estaba ahora casi fuera del alcance de la vista y en la superficie del agua no aparecían más que algunos parches de sargazo amarillento requemado por el sol y la redondeada, iridiscente, gelatinosa y violeta vejiga de una medusa flotando a poca distancia de la barca. Viraba a un lado para después enderezarse. Flotaba alegremente como una burbuja con sus largos y mortíferos filamentos purpurinos a remolque, sumergidos una yarda bajo el agua.

—*Agua mala* —dijo el hombre—. Puta.

Desde donde se balanceaba suavemente contra sus remos bajó la vista hacia el agua y vio los diminutos peces que tenían el color de los largos filamentos y nadaban entre ellos y bajo la breve sombra que hacía la burbuja en su movimiento a la deriva. Eran inmunes a su veneno, pero el hombre no, y cuando algunos de los filamentos se enredaban en el sedal y permanecían allí, viscosos y violetas, mientras el viejo laboraba por levantar un pez, sufría verdugones y excoriaciones en los brazos y manos como los que producen el guao y la hiedra venenosa. Pero estos envenenamientos por el *agua mala* actuaban rápidamente y como latigazos.

Las burbujas iridiscentes eran bellas. Pero eran la cosa más falsa del mar y el viejo gozaba viendo cómo se las comían las tortugas marinas. Las tortugas las veían, se les acercaban por delante, luego cerraban los ojos, de modo que, con su carapacho, estaban completamente protegidas, y se las comían con filamentos y todo. Al viejo le gustaba ver a las tortugas comérselas y le gustaba caminar sobre ellas en la playa, después de una tormenta, y oírlas reventar al pisarlas con sus pies callosos.

Le encantaban las tortugas verdes y los careyes con su elegancia y velocidad y su gran valor y sentía un amistoso desdén por las estúpidas tortugas llamadas caguamas, amarillentas en su carapacho, extrañas en sus copulaciones, y comiendo muy contentas las *aguas malas* con sus ojos cerrados.

No sentía ningún misticismo acerca de las tortugas, aunque había navegado muchos años en barcos tortugueros. Les tenía lástima; lástima hasta a los grandes baúles, que eran tan largos como la barca y pesaban una tonelada. Por lo general, la gente no tiene piedad de las tortugas porque el corazón de una tortuga sigue latiendo varias horas después que han sido muertas. Pero el viejo pensaba: También yo tengo un corazón así y mis pies y mis manos son como los suyos. Se comía sus blancos huevos para darse fuerza. Los comía todo el mes de mayo para estar fuerte en septiembre y salir en busca de los peces verdaderamente grandes.

También tomaba diariamente una taza de aceite de hígado de tiburón sacándolo del tanque que había en la barraca donde muchos de los pescadores guardaban su aparejo. Estaba allí, para todos los pescadores que lo quisieran. La mayoría de los pescadores detestaban su sabor. Pero no era peor que levantarse a las horas en que se levantaban y era muy bueno contra todos los catarros y gripes y era bueno para sus ojos.

Ahora el viejo alzó la vista y vio que el ave estaba girando de nuevo en el aire.

—Ha encontrado peces —dijo en voz alta.

Ningún pez volador rompía la superficie y no había dispersión de peces de carnada. Pero mientras el viejo miraba un pequeño bonito se levantó en el aire, giró y cayó de cabeza en el agua. El bonito emitió unos destellos de plata al sol y después que hubo vuelto al agua, otro y otro más se levantaron y estaban brincando en todas las

60

direcciones, batiendo el agua y dando largos saltos detrás de sus presas, cercándolas, espantándolas.

Si no van demasiado rápido los alcanzaré, pensó el viejo, y vio la bandada batiendo el agua, blanqueando por la espuma, y ahora el ave picaba y buceaba en busca de los peces, forzados a subir a la superficie por el pánico.

—El ave es una gran ayuda —dijo el viejo.

Justamente entonces el sedal de popa se tensó bajo su pie, en el punto donde había guardado un rollo de sedal, y soltó los remos y tanteó el sedal para ver qué fuerza tenían los tirones del pequeño bonito; y sujetando firmemente el sedal, empezó a levantarlo. El retemblor iba en aumento según tiraba y pudo ver en el agua el lomo azul del pez, y el oro de sus costados, antes de levantarlo sobre la borda y echarlo en la barca. Quedó tendido a popa, al sol, compacto y en forma de bala, sus grandes ojos sin inteligencia mirando fijamente mientras dejaba su vida contra la tablazón de la barca con los rápidos y temblorosos golpes de su cola. El viejo le pegó en la cabeza para que no siguiera sufriendo y le dio una patada. El cuerpo del pez temblaba todavía a la sombra de popa.

—Albacora —dijo en voz alta—. Hará una linda carnada. Debe de pesar diez libras.

No recordaba cuánto tiempo hacía que había empezado a hablar solo en voz alta cuando no tenía nadie con quien hablar. En los viejos tiempos, cuando estaba solo, cantaba; a veces, de noche, cuando hacía su guardia al timón de las chalupas y los tortugueros, cantaba también. Probablemente había empezado a hablar en voz alta cuando se había ido el muchacho. Pero no recordaba. Cuando él y el muchacho pescaban juntos, generalmente hablaban únicamente cuando era necesario. Hablaban de noche o cuando los cogía el mal tiempo. Se consideraba una virtud no hablar innecesariamente en el mar y el viejo siempre lo había considerado así y lo respetaba. Pero ahora expresaba sus pensamientos en voz alta muchas veces, puesto que no había nadie a quien pudiera mortificar.

—Si los otros me oyeran hablar en voz alta creerían que estoy loco —dijo en voz alta—. Pero, puesto que no estoy loco, no me importa. Los ricos tienen radios que les hablan en sus embarcaciones y les dan las noticias del béisbol.

Ésta no es hora de pensar en el béisbol, se dijo. Ahora hay que pensar en una sola cosa. Aquella para la que he nacido. Pudiera haber un pez grande en torno a ese banco, pensó. Sólo he cogido una albacora extraviada de las que estaban comiendo. Pero están trabajando rápidamente y a lo lejos. Todo lo que asoma hoy a la superficie viaja muy rápidamente y hacia el nordeste. ¿Será la hora? ¿O será alguna señal del tiempo que yo no conozco?

Ahora no podía ver el verdor de la costa; sólo las cimas de las colinas azules que asomaban blancas como si estuvieran coronadas de nieve, y las nubes parecían altas montañas de nieve sobre ellas. El mar estaba muy oscuro y la luz hacía prismas en el agua. Y las miríadas de lunares del plancton eran anuladas ahora por el alto sol y el viejo sólo veía los grandes y profundos prismas en el agua azul que tenía una milla de profundidad y en la que sus largos sedales descendían verticalmente.

Los pescadores llamaban bonitos a todos los peces de esa especie y sólo distinguían entre ellos por sus nombres reales cuando venían a cambiarlos por carnada. Los bonitos estaban de nuevo abajo. El sol calentaba fuerte y el viejo lo sentía en la parte de atrás del cuello, y sentía el sudor que le corría por la espalda mientras remaba.

Pudiera dejarme ir a la deriva, pensó, y dormir y echar un lazo al dedo gordo del pie para despertar si pican. Pero hoy hace ochenta y cinco días y tengo que aprovechar el tiempo.

Justamente entonces, mientras vigilaba los sedales, vio que una de las varillas verdes se sumergía vivamente.

—Sí —dijo—. Sí. —Y montó los remos sin golpear el bote.

Cogió el sedal y lo sujetó suavemente entre el índice y el pulgar de la derecha. No sintió tensión ni peso y aguantó ligeramente. Luego volvió a sentirlo. Esta vez fue un tirón de tanteo, ni sólido ni fuerte, y el viejo se dio cuenta, exactamente, de lo que era. Cien brazas más abajo una aguja estaba comiendo las sardinas que cubrían la punta y el cabo del anzuelo en el punto donde el anzuelo, forjado a mano, sobresalía de la cabeza del pequeño bonito.

El viejo sujetó delicada y suavemente el sedal y con la mano izquierda lo soltó de la varilla verde. Ahora podía dejarlo correr entre sus dedos sin que el pez sintiera ninguna tensión.

A esta distancia de la costa, en este mes, debe de ser enorme, pensó el viejo. Cómelas, pez. Cómelas. Por favor, cómelas. Están de lo más frescas; y tú, ahí, a seiscientos pies en el agua fría y a oscuras. Da otra vuelta en la oscuridad y vuelve a comértelas.

Sentía el leve y delicado tirar y luego un tirón más fuerte cuando la cabeza de una sardina debía de haber sido más difícil de arrancar del anzuelo. Luego, nada.

—Vamos, ven —dijo el viejo en voz alta—. Da otra vuelta. Da otra vuelta. Ven a olerlas. ¿Verdad que son sabrosas? Cómetelas ahora, y luego tendrás un bonito. Duro y frío y sabroso. No seas tímido, pez. Cómetelas.

Esperó con el sedal entre el índice y el pulgar, vigilándolo y vigilando los otros al mismo tiempo, pues el pez pudiera virar arriba o abajo. Luego volvió a sentir la misma y suave tracción.

—Lo cogerá —dijo el viejo en voz alta—. Dios lo ayude a cogerlo.

No lo cogió, sin embargo. Se fue y el viejo no sintió nada más.

—No puede haberse ido —dijo—. ¡No se puede haber ido, maldito! Está dando una vuelta. Es posible que se haya enganchado alguna otra vez y que recuerde algo de eso.

Luego notó un suave contacto en el sedal y se sintió feliz.

—No fue más que una vuelta —dijo—. Lo cogerá.

Era feliz sintiendo tirar suavemente y luego tuvo la sensación de algo duro e increíblemente pesado. Era el peso del pez y dejó que el sedal se deslizara abajo, abajo, llevándose los dos primeros rollos de reserva. Según descendía, deslizándose suavemente entre los dedos del viejo, todavía podía sentir el gran peso, aunque la presión de su índice y de su pulgar era casi imperceptible.

—¡Qué pez! —dijo—. Lo lleva atravesado en la boca y se está yendo con él.

Luego virará y se lo tragará, pensó. No dijo esto porque sabía que cuando uno dice una cosa buena puede ser que no ocurra. Sabía que éste era un pez enorme y se lo imaginó alejándose en la tiniebla con el bonito atravesado en la boca. En ese momento sintió que había dejado de moverse, pero el peso persistía todavía. Luego el peso fue en aumento, y el viejo le dio más sedal. Acentuó la presión del índice y el pulgar por un momento y el peso fue en aumento. Y el sedal descendía verticalmente.

—Lo ha cogido —dijo—. Ahora dejaré que se lo coma a su gusto.

Dejó que el sedal se deslizara entre sus dedos mientras bajaba la mano izquierda y amarraba el extremo suelto de los dos rollos de reserva al lazo de los rollos de reserva del otro sedal. Ahora estaba listo. Tenía tres rollos de cuarenta brazas de sedal en reserva, además del que estaba usando.

—Come un poquito más —dijo—. Come bien.

Cómetelo de modo que la punta del anzuelo penetre en tu corazón y te mate, pensó. Sube sin cuidado y déjame clavarte el arpón. Bueno. ¿Estás listo? ¿Llevas suficiente tiempo a la mesa?

—¡Ahora! —dijo en voz alta y tiró fuerte con ambas manos; ganó un metro de sedal; luego tiró de nuevo, y de nuevo, balanceando cada brazo alternativamente y girando sobre sí mismo.

No sucedió nada. El pez seguía, simplemente, alejándose lentamente y el viejo no podía levantarlo una pulgada.

Su sedal era fuerte, hecho para peces pesados, y lo sujetó contra su espalda hasta que estaba tan tirante que soltaba gotas de agua. Luego empezó a hacer un lento sonido de siseo en el agua.

El viejo seguía sujetándolo, afincándose contra el banco e inclinándose hacia atrás. El bote empezó a moverse lentamente hacia el noroeste.

El pez seguía moviéndose sin cesar y viajaban ahora lentamente en el agua tranquila. Los otros cebos estaban todavía en el agua, pero no había nada que hacer.

—Ojalá estuviera aquí el muchacho —dijo en voz alta—. Voy a remolque de un pez grande y yo soy la bita de remolque. Podría amarrar el sedal. Pero entonces pudiera romperlo. Debo aguantarlo todo lo posible y darle sedal cuando lo necesite. Gracias a Dios que va hacia delante y no hacia abajo. No sé qué haré si decide ir hacia abajo. No sé qué haré si rehúnde y muere. Pero algo haré. Puedo hacer muchas cosas.

Sujetó el sedal contra su espalda y observó su sesgo en el agua; el bote seguía moviéndose ininterrumpidamente hacia el noroeste.

Esto lo matará, pensó el viejo. Alguna vez tendrá que

parar. Pero cuatro horas después el pez seguía tirando, llevando el bote a remolque, y el viejo estaba todavía sólidamente afincado, con el sedal atravesado a la espalda.

—Eran las doce cuando lo enganché —dijo—. Y todavía no lo he visto ni una sola vez.

Se había calado fuertemente el sombrero de paja en la cabeza antes de enganchar el pez; ahora el sombrero le cortaba la frente. Tenía sed. Se arrodilló, y cuidando de no sacudir el sedal, estiró el brazo cuanto pudo por debajo de la proa y cogió la botella de agua. La abrió y bebió un poco. Luego reposó contra la proa. Descansó sentado en la vela y el palo que había quitado de la carlinga y trató de no pensar: sólo aguantar.

Luego miró hacia atrás y vio que no había tierra alguna a la vista. Eso no importa, pensó. Siempre podré orientarme por el resplandor de La Habana. Todavía quedan dos horas de sol y posiblemente suba antes de la puesta del sol. Si no, acaso suba al venir la luna. Si no hace eso, puede que suba a la salida del sol. No tengo calambres y me siento fuerte. Él es quien tiene el anzuelo en la boca. Pero para tirar así, tiene que ser un pez de marca mayor. Debe de llevar la boca fuertemente cerrada contra el alambre. Me gustaría verlo. Me gustaría verlo aunque sólo fuera una vez, para saber con quién tengo que vérmelas.

El pez no varió su curso ni dirección en toda la noche; al menos hasta donde el hombre podía juzgar guiado por las estrellas. Después de la puesta del sol hacía frío y el sudor se había secado en su espalda, sus brazos y sus piernas. De día había cogido el saco que cubría la caja de las carnadas y lo había tendido a secar al sol. Después de la puesta del sol se lo enrolló al cuello de modo que le caía sobre la espalda. Se lo deslizó con cuidado por debajo del sedal, que ahora le cruzaba los hombros. El saco mullía el sedal y el hombre había encontrado la manera de inclinarse hacia delante contra la proa en una postura que casi le resultaba cómoda. La postura era, en realidad, tan sólo un poco menos intolerable, pero la concibió como casi cómoda.

No puedo hacer nada con él, y él no puede hacer nada conmigo, pensó. Al menos mientras siga este juego.

Una sola vez se enderezó y orinó por sobre la borda y miró a las estrellas y verificó el rumbo. El sedal lucía como una lista fosforescente en el agua, que se extendía, recta, partiendo de sus hombros. Ahora iban más lentamente y el fulgor de La Habana no era tan fuerte. Esto le indicaba que la corriente debía de estar arrastrándolo hacia el este. Si pierdo el resplandor de La Habana, será que estamos yendo más hacia el este, pensó. Pues si el rumbo del pez se mantuviera invariable vería el fulgor durante muchas horas más. Me pregunto quién habrá ganado hoy en las Grandes Ligas, pensó. Sería maravilloso tener una radio para enterarse. Luego se dijo: Piensa en esto; piensa en lo que estás haciendo. No hagas ninguna estupidez.

Luego dijo en voz alta:

—Ojalá estuviera aquí el muchacho. Para ayudarme y para que viera esto.

Nadie debiera estar solo en su vejez, pensó. Pero es inevitable. Tengo que acordarme de comer el bonito antes de que se eche a perder, para conservar las fuerzas. Recuerda: por poca gana que tengas tendrás que comerlo por la mañana. Recuerda, se dijo.

Durante la noche acudieron delfines en torno al bote. Los sentía rolando y resoplando. Podía percibir la diferencia entre el sonido del soplo del macho y el suspirante soplo de la hembra.

—Son buena gente —dijo—. Juegan y bromean y se quieren unos a otros. Son nuestros hermanos, como los peces voladores.

Entonces empezó a sentir lástima por el gran pez que había enganchado. Es maravilloso y extraño, y quién sabe qué edad tendrá, pensó. Jamás he cogido un pez tan fuerte, ni siquiera que se portara de un modo tan extraño. Puede que sea demasiado prudente para subir a la superficie. Brincando y precipitándose locamente pudiera acabar conmigo. Pero es posible que haya sido enganchado ya muchas veces y que sepa que ésta es la manera de luchar. No puede saber que no hay más que un hombre contra él, ni que este hombre es un anciano. Pero ¡qué pez más grande! Y qué bien lo pagarán en el mercado si su carne es buena. Cogió la carnada como un macho y tira como un macho y no hay pánico en su manera de luchar. Me pregunto si tendrá algún plan o si estará, como yo, en la desesperación.

Recordó aquella vez en que había enganchado una de las dos agujas que iban en pareja. El macho dejaba siempre que la hembra comiera primero, y el pez enganchado, la hembra, presentó una lucha fiera, desesperada y llena de pánico que no tardó en agotarla. Durante todo ese tiempo el macho permaneció con ella, cruzando el sedal y girando con ella en la superficie. Había permanecido tan cerca que el viejo había temido que cortara el sedal con la cola, que era afilada como una guadaña y casi de la misma forma y tamaño. Cuando el viejo la había enganchado con el bichero, la había golpeado sujetando su mandíbula en forma de espada y de áspero borde, y la golpeó en la cabeza hasta que su color se había tornado como el de la parte de atrás de los espejos; y luego, cuando, con ayuda del muchacho, la había izado a bordo, el macho había permanecido junto al bote. Después, mientras el viejo levantaba los sedales y preparaba el arpón, el macho dio un brinco en el aire junto al bote para ver dónde estaba la hembra. Y luego se había sumergido en la profundidad con sus alas azul rojizas, que eran sus aletas pectorales, desplegadas ampliamente y mostrando todas sus franjas del mismo color. Era hermoso, recordaba el viejo. Y se había quedado junto a su hembra.

Es lo más triste que he visto jamás en ellos, pensó. El muchacho había sentido también tristeza, y le pedimos perdón a la hembra y le abrimos el vientre enseguida.

—Ojalá estuviera aquí el muchacho —dijo, y se acomodó contra las redondeadas tablas de la proa y sintió la fuerza del gran pez en el sedal que sujetaba contra sus hombros, moviéndose sin cesar hacia no sabía dónde: allá donde el pez hubiese elegido.

Por mi traición ha tenido que tomar una decisión, pensó el viejo.

Su decisión había sido permanecer en aguas profundas y tenebrosas, lejos de todas las trampas y cebos y traiciones. Mi decisión fue ir allá a buscarlo, más allá de toda gente. Más allá de toda gente en el mundo. Ahora estamos solos uno para el otro y así ha sido desde mediodía. Y nadie que venga a valernos, ni a él ni a mí.

Tal vez yo no debiera haber sido pescador, pensó. Pero para eso he nacido. Tengo que recordar sin falta comerme el bonito tan pronto como sea de día.

Algo antes del amanecer cogió uno de los sedales que tenía detrás. Sintió que la varilla se rompía y que el sedal empezaba a correr precipitadamente sobre la regala del bote. En la oscuridad sacó el cuchillo de la funda y, echando toda la presión del pez sobre el hombro izquierdo, se inclinó hacia atrás y cortó el sedal contra la madera de la regala. Luego cortó el otro sedal más próximo y en la oscuridad sujetó los extremos sueltos de los rollos de reserva. Trabajó diestramente con una sola mano y puso su pie sobre los rollos para sujetarlos mientras apretaba los nudos. Ahora tenía seis rollos de reserva. Había dos de cada carnada, que había cortado, y los dos del cebo que había cogido el pez. Y todos estaban empatados.

Tan pronto como sea de día, pensó, me llegaré hasta el cebo de cuarenta brazas y lo cortaré también y enlazaré los rollos de reserva. Habré perdido doscientas brazas del buen *cordel* catalán y los anzuelos y alambres. Eso pudo reemplazarlo. Pero este pez, ¿quién lo reemplaza? Si engancho otros peces, pudiera soltarse. Me pregunto qué pez habrá sido el que acaba de picar. Podía ser una aguja, o un emperador, o un tiburón. No llegué a tomarle el peso. Tuve que deshacerme de él demasiado pronto.

En voz alta dijo:

—Me gustaría que el muchacho estuviera aquí.

Pero el muchacho no está contigo, pensó. No cuentas más que contigo mismo, y harías bien en llegarte hasta el último sedal, aunque sea en la oscuridad, y empalmar los dos rollos de reserva.

Y así lo hizo. Fue difícil en la oscuridad y una vez el pez dio un tirón que lo lanzó de bruces y le causó una herida bajo el ojo. La sangre le corrió un poco por la mejilla. Pero se coaguló y secó antes de llegar a la barbilla y el hombre volvió a la proa y se apoyó contra la madera. Ajustó el saco y manipuló cuidadosamente el sedal de modo que pasara por otra parte de sus hombros y, asegurándolo contra éstos, tanteó con cuidado la tracción del pez y luego metió la mano en el agua para sentir la velocidad de la barca.

Me pregunto por qué habrá dado ese nuevo impulso, pensó. El alambre debe de haber resbalado sobre la comba de su lomo. Con seguridad, su lomo no puede dolerle tanto como me duele el mío. Pero no puede seguir tirando eternamente de este bote, por grande que sea. Ahora todo lo que pudiera estorbar está despejado y tengo una gran reserva de sedal: no hay más que pedir.

—Pez —dijo dulcemente en voz alta—, seguiré hasta la muerte.

Y él seguirá también conmigo, me figuro, pensó el viejo, y se puso a esperar a que fuera de día. Ahora, a esta hora próxima al amanecer, hacía frío y se apretó contra la madera en busca de calor. Voy a aguantar tanto como él, pensó. Y con la primera luz el sedal se extendió a lo lejos y hacia abajo en el agua. El bote se movía sin cesar y cuando se levantó el primer filo de sol fue a posarse sobre el hombro derecho del viejo.

—Se ha dirigido hacia el norte —dijo el viejo. La corriente nos habrá desviado mucho al este, pensó. Ojalá virara con la corriente. Eso indicaría que se está cansando.

Cuando el sol se hubo levantado más el viejo se dio cuenta de que el pez no se estaba cansando. Sólo había una señal favorable. El sesgo del sedal indicaba que nadaba a menos profundidad. Eso no significaba, necesariamente, que fuera a brincar a la superficie. Pero pudiera hacerlo.

—Dios quiera que suba —dijo el viejo—. Tengo suficiente sedal para manejarlo.

Puede que si aumento un poquito la tensión le duela y surja a la superficie, pensó. Ahora que es de día, conviene que salga para que llene de aire los sacos a lo largo de su espinazo y no pueda luego descender a morir a las profundidades.

Trató de aumentar la tensión, pero el sedal había ido tensándose ya hasta casi romperse desde que había enganchado el pez y, al inclinarse hacia atrás, sintió la dura tensión de la cuerda y se dio cuenta de que no podía aumentarla.

Tengo que tener cuidado de no sacudirlo, pensó. Cada sacudida ensancha la herida que hace el anzuelo y, si brinca, pudiera soltarlo. De todos modos me siento mejor al venir el sol y por esta vez no tengo que mirarlo de frente.

Había algas amarillas en el sedal pero el viejo sabía que eso no hacía más que aumentar la resistencia de la barca, y el viejo se alegró. Eran las algas amarillas del golfo, el sargazo, las que habían producido tanta fosforescencia de noche.

—Pez —dijo—, yo te quiero y te respeto muchísimo. Pero acabaré con tu vida antes de que termine este día.

Ojalá, pensó.

Un pajarito vino volando hacia la barca, procedente del norte. Era una especie de curruca que volaba muy bajo sobre el agua. El viejo se dio cuenta de que estaba muy cansado.

El pájaro llegó hasta la popa del bote y descansó allí. Luego voló en torno a la cabeza del viejo y fue a posarse en el sedal, donde estaba más cómodo.

—¿Qué edad tienes? —preguntó el viejo al pájaro—. ¿Es éste tu primer viaje?

El pájaro lo miró al oírlo hablar. Estaba demasiado cansado siquiera para examinar el sedal y se balanceó asiéndose fuertemente a él con sus delicadas patas.

—Estás firme —le dijo el viejo—. Demasiado firme. Después de una noche sin viento no debieras estar tan cansado. ¿A qué vienen los pájaros?

Los gavilanes, pensó, salen al mar a esperarlos. Pero no le dijo nada de esto al pajarito, que de todos modos no podía entenderlo y que ya tendría tiempo de conocer a los gavilanes.

—Descansa, pajarito, descansa —dijo—. Luego ve a correr fortuna como cualquier hombre o pájaro o pez.

Lo estimulaba a hablar porque su espalda se había endurecido de noche y ahora realmente le dolía.

—Quédate en mi casa si quieres, pajarito —dijo—. Siento que no pueda izar la vela y llevarte a tierra, con la suave brisa que se está levantando. Pero estás con un amigo.

Justamente entonces el pez dio una súbita sacudida; el viejo fue a dar contra la proa y hubiera caído por la borda si no se hubiera aferrado y soltado un poco de sedal.

El pájaro había levantado el vuelo al sacudirse el sedal y el viejo ni siquiera lo había visto irse. Palpó cuidadosamente el sedal con la mano derecha y notó que su mano sangraba.

—Algo lo ha lastimado —dijo en voz alta y tiró del sedal para ver si podía hacer virar al pez. Pero cuando llegaba a su máxima tensión sujetó firme y se echó hacia atrás para tomar contrapeso.

—Ahora lo estás sintiendo, pez —dijo—. Y bien sabe Dios que también yo lo siento.

Miró en derredor a ver si veía el pájaro porque le hubiera gustado tenerlo de compañero. El pájaro se había ido.

No te has quedado mucho tiempo, pensó el viejo. Pero a donde vas te va a ser más difícil, hasta que llegues a la costa. ¿Cómo me habré dejado cortar por esa rápida sacudida del pez? Me debo de estar volviendo estúpido. O quizá sea que estaba mirando al pájaro y pensando en él. Ahora prestaré atención a mi trabajo y luego me comeré el bonito para que las fuerzas no me fallen.

—Ojalá estuviera aquí el muchacho y tuviese un poco de sal —dijo en voz alta.

Pasando la presión del sedal al hombro izquierdo y

arrodillándose con cuidado se lavó la mano en el mar y la mantuvo allí, sumergida, por más de un minuto, viendo correr la sangre y deshacerse en estela y el continuo movimiento del agua contra su mano al moverse la barca.

—Ahora va mucho más lentamente —dijo.

Al viejo le hubiera gustado mantener la mano en el agua salada por más tiempo, pero temía otra súbita sacudida del pez y se levantó y se afianzó y levantó la mano contra el sol. Era sólo un roce del sedal lo que había cortado su carne. Pero era en la parte con que tenía que trabajar. El viejo sabía que antes de que esto terminara necesitaría sus manos, y no le gustaba nada estar herido antes de empezar.

—Ahora —dijo cuando su mano se hubo secado— tengo que comerme ese pequeño bonito. Puedo alcanzarlo con el bichero y comérmelo aquí tranquilamente.

Se arrodilló y halló el bonito bajo la popa con el bichero y lo atrajo hacia sí evitando que se enredara en los rollos de sedal. Sujetando el sedal nuevamente con el hombro izquierdo y apoyándose en el brazo izquierdo sacó el bonito del garfio del bichero y puso de nuevo el bichero en su lugar. Plantó una rodilla sobre el pescado y arrancó tiras de carne oscura longitudinalmente desde la parte posterior de la cabeza hasta la cola. Eran tiras en forma de cuña y las arrancó desde la proximidad del espinazo hasta el borde del vientre. Cuando hubo arrancado seis tiras las tendió en la madera de la popa, limpió su cuchillo en el pantalón y levantó el resto del bonito por la cola y lo tiró por sobre la borda.

—No creo que pueda comerme uno entero —dijo, y cortó por la mitad una de las tiras. Sentía la firme tensión del sedal y su mano izquierda estaba acalambrada. La corrió hacia arriba sobre el duro sedal y la miró con disgusto.

—¿Qué clase de mano es ésta? —dijo—. Puedes acalambrarte, si quieres. Puedes convertirte en una garra. De nada te va a servir.

Vamos, pensó, y miró el agua oscura y el sesgo del sedal. Cómetelo ahora y le dará fuerza a la mano. No es culpa de la mano, y llevas muchas horas con el pez. Pero puedes quedarte para siempre con él. Cómete ahora el bonito.

Cogió un pedazo y se lo llevó a la boca y lo masticó lentamente. No era desagradable.

Mastícalo bien, pensó, y no pierdas ningún jugo. Con un poco de limón o lima o con sal no estaría mal.

—¿Cómo te sientes, mano? —preguntó a la del calambre, que estaba casi rígida como un cadáver—. Ahora comeré un poco para ti.

Comió la otra parte del pedazo que había cortado en dos. La masticó con cuidado y luego escupió el pellejo.

—¿Cómo va eso, mano? ¿O es demasiado pronto para saberlo?

Cogió otro pedazo entero y lo masticó.

Es un pez fuerte y de pura sangre, pensó. Tuve suerte de engancharlo a él, en vez de un dorado. El dorado es demasiado dulce. Éste no es nada dulce y guarda toda la fuerza.

Sin embargo, hay que ser prácticos, pensó. Otra cosa no tiene sentido. Ojalá tuviera un poco de sal. Y no sé si el sol secará o pudrirá lo que me queda. Por tanto será mejor que me lo coma todo aunque no tenga hambre. El pez sigue tirando firme y tranquilamente. Me comeré todo el bonito y entonces estaré preparado.

—Ten paciencia, mano —dijo—. Esto lo hago por ti.

Me gustaría dar de comer al pez, pensó. Es mi hermano. Pero tengo que matarlo y cobrar fuerzas para hacerlo. Lenta y deliberadamente se comió todas las tiras en forma de cuña del pescado.

Se enderezó, limpiándose la mano en el pantalón.

—Ahora —dijo—, mano, puedes soltar el sedal. Yo sujetaré el pez con el brazo hasta que se te pase esa bobería.

Puso su pie izquierdo sobre el pesado sedal que había aguantado la mano izquierda y se echó hacia atrás para llevar con la espalda la presión.

—Dios quiera que se me quite el calambre —dijo—. Porque no sé qué hará el pez.

Pero parece tranquilo, pensó, y sigue su plan. Pero ¿cuál será su plan? ¿Y cuál es el mío? El mío tendré que improvisarlo de acuerdo con el suyo porque es muy grande. Si brinca podré matarlo. Pero no acaba de salir de allá abajo. Entonces, seguiré con él allá abajo.

Se frotó la mano acalambrada contra el pantalón y trató de obligar los dedos. Pero éstos se resistían a abrirse. Puede que se abra con el sol, pensó. Puede que se abra cuando haya digerido ese bonito crudo. Si la necesito, la abriré cueste lo que cueste. Pero no quiero abrirla ahora por la fuerza. Que se abra por sí misma y que vuelva por su voluntad. Después de todo abusé mucho de ella anoche cuando era necesario soltar y unir los varios sedales.

Miró por sobre el mar y ahora se dio cuenta de cuán solo se encontraba. Pero veía los prismas en el agua profunda y oscura, el sedal estirado frente a él y la extraña ondulación de la calma. Las nubes se estaban acumulando ahora para la brisa y miró adelante y vio una bandada de patos salvajes que se proyectaban contra el cielo sobre el agua, luego formaban un borrón y volvían a destacarse como un aguafuerte; y se dio cuenta de que nadie está jamás solo en el mar.

Recordó cómo algunos hombres temían hallarse fuera de la vista de tierra en un botecito; y en los mares de súbito mal tiempo tenían razón. Pero ahora era el tiempo de los ciclones, y cuando no hay ciclón en el tiempo de los ciclones es el mejor tiempo del año.

Si hay ciclón, siempre puede uno ver las señales varios días antes en el mar. En tierra no las ven porque no saben reconocerlas, pensó. En tierra debe notarse también por la forma de las nubes. Pero ahora no hay ciclón a la vista.

Miró al cielo y vio la formación de los blancos cúmulos, como sabrosas pilas de mantecado, y más arriba se veían las tenues plumas de los cirros contra el alto de septiembre.

—*Brisa* ligera —dijo—. Mejor tiempo para mí que para ti, pez.

Su mano izquierda estaba todavía presa del calambre, pero se iba soltando poco a poco.

Detesto los calambres, pensó. Son una traición del propio cuerpo. Es humillante ante los demás tener diarrea producida por envenenamiento de tomaínas o vomitar por lo mismo. Pero el calambre lo humilla a uno, especialmente cuando está solo.

Si el muchacho estuviera aquí podría frotarme la mano y soltarla, desde el antebrazo, pensó. Pero ya se soltará.

Luego palpó con la mano derecha para conocer la diferencia de tensión en el sedal; después vio que el sesgo cambiaba en el agua. Seguidamente, al inclinarse contra el sedal y golpear fuerte con la mano izquierda contra el muslo, vio que cobraba un lento sesgo ascendente.

—Está subiendo —dijo—. Vamos, mano. Ven, te lo pido.

El sedal se alzaba lenta y continuamente. Luego la superficie del mar se combó delante del bote y salió el pez. Surgió interminablemente y le manaba agua por los costados. Brillaba al sol y su cabeza y lomo eran de un púrpura oscuro, y al sol las franjas de sus costados lucían anchas y de un tenue color rojizo. Su espalda era tan larga como un bate de béisbol, yendo de mayor a menor como un estoque. El pez apareció sobre el agua en toda su longitud y luego volvió a entrar en ella dulcemente, como un buzo, y el viejo vio la gran hoja de guadaña de su cola sumergirse y el sedal comenzó a correr velozmente.

—Es dos pies más largo que la barca—dijo el viejo.

El sedal seguía corriendo veloz pero gradualmente y el pez no tenía pánico. El viejo trataba de mantener con ambas manos el sedal a la mayor tensión posible sin que se rompiera. Sabía que si no podía demorar al pez con una presión continuada, el pez podía llevarse todo el sedal y romperlo.

Es un gran pez y tengo que convencerlo, pensó. No debo permitirle jamás que se dé cuenta de su fuerza ni de lo que podría hacer si rompiera a correr. Si yo fuera él echaría ahora toda la fuerza y seguiría hasta que algo se rompiera. Pero, a Dios gracias, los peces no son tan inteligentes como quienes los matamos, aunque son más nobles y más hábiles.

El viejo había visto muchos peces grandes. Había visto muchos que pesaban más de mil libras y había cogido dos de aquel tamaño en su vida, pero nunca solo. Ahora, solo y sin tierra a la vista, estaba sujeto al pez más grande que había visto jamás, más grande que cuantos conocía de oídas, y su mano izquierda estaba todavía tan rígida como las garras convulsas de un águila.

Pero ya se soltará, pensó. Con seguridad que se le pasará el calambre para que pueda ayudar a la mano derecha. Tres cosas se pueden considerar hermanas: el pez y mis dos manos. Tiene que quitársele el calambre.

El pez había aminorado de nuevo su velocidad y seguía a su ritmo habitual.

Me pregunto por qué habrá salido a la superficie, pensó el viejo. Brincó para mostrarme lo grande que era. Ahora ya lo sé, pensó. Me gustaría demostrarle qué clase de hombre soy. Pero entonces vería la mano acalambrada. Que piense que soy más hombre de lo que soy, y lo seré. Quisiera ser el pez, pensó, con todo lo que tiene frente a mi voluntad y mi inteligencia solamente.

Se acomodó confortablemente contra la madera y aceptó sin protestar su sufrimiento. Y el pez seguía nadando sin cesar y el bote se movía lentamente sobre el agua oscura. Se estaba levantando un poco de oleaje con el viento que venía del este y a mediodía la mano izquierda del viejo estaba libre del calambre.

—Malas noticias para ti, pez —dijo, y movió el sedal sobre los sacos que cubrían sus hombros.

Estaba cómodo, pero sufría, aunque era incapaz de confesar su sufrimiento.

—No soy religioso —dijo—. Pero rezaría diez padrenuestros y diez avemarías por pescar este pez y prometo hacer una peregrinación a la Virgen del Cobre si lo pesco. Lo prometo.

Comenzó a decir sus oraciones mecánicamente. A veces se sentía tan cansado que no recordaba la oración, pero luego las decía rápidamente, para que salieran automáticamente. Las avemarías son más fáciles de decir que los padrenuestros, pensó.

—Dios te salve, María, llena eres de gracia, el Señor es contigo, bendita tú eres entre todas las mujeres y bendito es el fruto de tu vientre, Jesús. Santa María, madre de Dios, ruega por nosotros, pecadores, ahora y en la hora de nuestra muerte. Amén.

Luego añadió:

—Virgen bendita, ruega por la muerte de este pez. Aunque sea tan maravilloso.

Dichas sus oraciones y sintiéndose mejor, pero sufriendo igualmente, y acaso un poco más, se inclinó contra la madera de proa y empezó a activar mecánicamente los dedos de su mano izquierda.

El sol calentaba fuerte ahora, aunque la brisa se levantaba ligeramente.

—Será mejor que vuelva a poner cebo al sedal de popa —dijo—. Si el pez decide quedarse otra noche necesitaré comer de nuevo y queda poca agua en la botella. No creo que pueda conseguir aquí más que un dorado. Pero si lo como bastante fresco no será malo. Me gustaría que viniera a bordo esta noche un pez volador. Pero no tengo luz para atraerlo. Un pez volador es excelente para comerlo crudo y no tendría que limpiarlo. Ahora tengo que ahorrar toda mi fuerza. ¡Cristo! ¡No sabía que fuera tan grande! Sin embargo lo mataré —dijo—. Con toda su gloria y su grandeza.

Aunque es injusto, pensó. Pero le demostraré lo que puede hacer un hombre y lo que es capaz de aguantar.

—Ya le dije al muchacho que yo era un hombre extraño —dijo—. Ahora es la hora de demostrarlo.

El millar de veces que lo había demostrado no significaba nada. Ahora lo estaba probando de nuevo. Cada vez era una nueva circunstancia y cuando lo hacía no pensaba jamás en el pasado.

Me gustaría que se durmiera y poder dormir yo y soñar con los leones, pensó. ¿Por qué, de lo que queda, serán los leones lo principal? No pienses, viejo, se dijo. Reposa dulcemente contra la madera y no pienses en nada. El pez trabaja. Trabaja tú lo menos que puedas.

Estaba ya entrada la tarde y el bote todavía se movía lenta y seguidamente. Pero la brisa del este contribuía ahora a la resistencia del bote y el viejo navegaba suavemente con el leve oleaje y el escozor del sedal en la espalda le era leve y llevadero.

Una vez en la tarde, el sedal empezó a alzarse de

nuevo. Pero el pez siguió nadando a un nivel ligeramente más alto. El sol le daba ahora en el brazo y el hombro izquierdos y en la espalda. Por eso sabía que el pez había virado al nordeste.

Ahora que lo había visto una vez, podía imaginárselo nadando en el agua con sus purpurinas aletas pectorales desplegadas como alas y la gran cola erecta tajando la tiniebla. Me pregunto cómo podrá ver a esa profundidad, pensó. Sus ojos son enormes, y un caballo, con mucho menos ojo, puede ver en la oscuridad. En otro tiempo yo veía perfectamente en la oscuridad. No en la tiniebla completa. Pero casi como los gatos.

El sol y el continuo movimiento de sus dedos habían librado completamente del calambre la mano izquierda y empezó a pasar más presión a esta mano contrayendo los músculos de su espalda para repartir un poco el escozor del sedal.

—Si no estás cansado, pez —dijo en voz alta—, debes de ser muy extraño.

Se sentía ahora muy cansado y sabía que pronto vendría la noche y trató de pensar en otras cosas. Pensó en las *Grandes Ligas*. Sabía que los Yankees de Nueva York estaban jugando contra los Tigres de Detroit.

Van dos días que no me entero del resultado de los *juegos*, pensó. Pero debo tener confianza y debo ser digno del gran Di Maggio que hace todas las cosas perfectamente, aun con el dolor de la *espuela de hueso* en el talón. ¿Qué cosa es una espuela de hueso?, se preguntó. Nosotros no las tenemos. ¿Será tan dolorosa como la espuela de un gallo de pelea en el talón de una persona? Creo que no podría soportar eso, ni la pérdida de uno de los ojos, o de los dedos, y seguir peleando como hacen los gallos de pelea. El hombre no es gran cosa al lado de las grandes aves y fieras. Con todo, preferiría ser esa bestia que está allá abajo en la tiniebla del mar.

—Salvo que vengan los tiburones —dijo en voz alta—. Si vienen los tiburones, Dios tenga piedad de él y de mí.

¿Crees tú que el gran Di Maggio seguiría con un pez tanto tiempo como estoy haciendo yo?, pensó. Estoy seguro de que sí, y más, puesto que es joven y fuerte. También su padre fue pescador. Pero ¿le dolería demasiado la espuela de hueso?

—No sé —dijo en voz alta—. Nunca he tenido una espuela de hueso.

El sol se estaba poniendo. Para darse más confianza, el viejo recordó aquella vez cuando, en la taberna de Casablanca, había echado un pulso con aquel enorme negro de Cienfuegos que era el hombre más fuerte de los muelles. Habían estado un día y una noche con sus codos sobre una raya de tiza en la mesa, y los antebrazos verticales, y las manos agarradas. Cada uno trataba de abatir la mano del otro contra la mesa. Se hicieron muchas apuestas y la gente entraba y salía del local bajo las luces de queroseno, y él miraba el brazo y la mano del negro y la cara del negro. Cambiaban de árbitro cada cuatro horas, después de las primeras ocho, para que los árbitros pudieran dormir. Por debajo de las uñas de los dedos manaba sangre y se miraban a los ojos y a sus antebrazos y los apostadores entraban y salían del local y se sentaban en altas sillas contra la pared para mirar. Las paredes estaban pintadas de un azul brillante. Eran de madera y las lámparas arrojaban las sombras de los pulseadores contra ellas. La sombra del negro era enorme y se movía contra la pared según la brisa hacía oscilar las lámparas.

Las apuestas contra uno y otro siguieron subiendo y bajando toda la noche, y al negro le daban ron y le encendían cigarrillos en la boca. Luego, después del ron, el negro hacía un tremendo esfuerzo y una vez había tenido al viejo, que entonces no era viejo, sino Santiago *El Campeón*, cerca de tres pulgadas fuera de la vertical. Pero el viejo había levantado de nuevo la mano y la había puesto a nivel. Entonces tuvo la seguridad de que tenía derrotado al negro, que era un hombre magnífico y un gran atleta. Y al venir el día, cuando los apostadores estaban pidiendo que se declarara tablas, había aplicado todo su esfuerzo y forzado la mano del negro hacia abajo, más y más, hasta hacerle tocar la madera. La competición había empezado el domingo por la mañana y terminado el lunes por la mañana. Muchos de los apostadores habían pedido un empate porque tenían que irse a trabajar a los muelles, a cargar sacos de azúcar, o a la Compañía Carbonera de La Habana. De no ser por eso todo el mundo hubiera querido que continuara hasta el fin. Pero él la había terminado de todos modos antes de la hora en que la gente tenía que ir a trabajar.

Después de esto, y por mucho tiempo, todo el mundo le había llamado El Campeón y había habido un encuentro de desquite en la primavera. Pero no se había apostado mucho dinero y él había ganado fácilmente, puesto que en el primer pulso había roto la confianza del negro de Cienfuegos. Después había pulseado unas cuantas veces más y luego había dejado de hacerlo. Decidió que podía derrotar a cualquiera si lo quería de veras, pero pensó que perjudicaba su mano derecha para pescar. Algunas veces había practicado con la izquierda. Pero su mano izquierda había sido siempre una traidora y no hacía lo que le pedía, y no confiaba en ella.

El sol la tostará bien ahora, pensó. No debe volver a agarrotárseme, salvo que haga demasiado frío de noche. Me preguntó qué me traerá esta noche.

Un aeroplano pasó por encima en su viaje hacia Miami y el viejo vio cómo su sombra espantaba a las manchas de peces voladores.

—Con tantos peces voladores, debe de haber dorados —dijo, y se echó hacia atrás contra el sedal para ver si era posible ganar alguna ventaja sobre su pez. Pero no: el sedal permaneció en esa tensión, temblor y rezumar de agua que precede a la rotura. El bote avanzaba lentamente y el viejo siguió con la mirada al aeroplano hasta que lo perdió de vista.

Debe de ser muy extraño ir en un aeroplano, pensó. Me pregunto cómo lucirá el mar desde esa altura. Si no volaran demasiado alto podrían ver los peces. Me gustaría volar muy lentamente a doscientas brazas de altura y ver los peces desde arriba. En los barcos tortugueros yo iba en las crucetas de los masteleros y aun a esa altura veía muchos. Desde allí los dorados lucen más verdes y se puede ver sus franjas y sus manchas violáceas y se ve todo el banco buceando. ¿Por qué todos los peces voladores de la corriente oscura tienen lomos violáceos y generalmente franjas o manchas del mismo color? El dorado parece verde, desde luego, porque es realmente dorado. Pero cuando viene a comer, realmente hambriento, aparecen franjas de color violáceo en sus costados, como en las agujas. ¿Será la cólera o la mayor velocidad lo que las hace salir?

Justamente antes del anochecer, cuando pasaban junto a una gran isla de sargazo que se alzaba y bajaba y balanceaba con el leve oleaje, como si el océano estuviera haciendo el amor con alguna cosa bajo una manta amarilla, un dorado se prendió en su sedal pequeño. El viejo lo vio primero cuando brincó al aire, oro verdadero a los últimos rayos del sol, doblándose y debatiéndose fieramente. Volvió a surgir, una y otra vez, en las acrobáticas salidas que le dictaba su miedo. El hombre volvió como pudo a la popa y agachándose y sujetando el sedal grande con la mano y el brazo derechos, tiró del dorado con su mano izquierda, plantando su descalzo pie izquierdo sobre cada tramo de sedal que iba ganando. Cuando el pez llegó a popa, dando cortes y zambullidas, el viejo se inclinó sobre la popa y levantó el bruñido pez de oro de pintas violáceas por sobre la popa. Sus mandíbulas actuaban convulsivamente en rápidas mordidas contra el anzuelo y batió el fondo del bote con su largo cuerpo plano, su cola y su cabeza hasta que el viejo le pegó en la brillante cabeza dorada. Entonces se estremeció y se quedó quieto.

El viejo desenganchó el pez, volvió a cebar el sedal con otra sardina y lo arrojó al agua. Después volvió lentamente a la proa. Se lavó la mano izquierda y se la secó en el pantalón. Luego pasó el grueso sedal de la mano derecha a la mano izquierda y lavó la mano derecha en el mar mientras clavaba la mirada en el sol que se hundía en el océano, y en el sesgo del sedal grande.

—No ha cambiado en absoluto —dijo.

Pero observando el movimiento del agua contra su mano notó que era perceptiblemente más lento.

—Voy a amarrar los dos remos uno contra otro y colocarlos de través detrás de la popa: eso retardará de noche su velocidad —dijo—. Si el pez se defiende bien de noche, yo también.

Sería mejor limpiar el dorado un poco después para que la sangre se quedara en la carne, pensó. Puedo hacer eso un poco más tarde y al mismo tiempo amarrar los remos para hacer más resistencia. Será mejor dejar tranquilo al pez ahora y no perturbarlo demasiado a la puesta del sol. La puesta del sol es un momento difícil para todos los peces.

Dejó secar su mano en el aire, luego cogió el sedal con ella y se acomodó lo mejor posible y se afianzó contra la madera para que el bote aguantara la presión tanto o más que él.

Estoy aprendiendo a hacerlo, pensó. Por lo menos hasta ahora. Y luego, recuerda que el pez no ha comido desde que cogió la carnada y que es enorme y necesita

mucha comida. Ya me he comido un bonito entero. Mañana me comeré el dorado. Quizá me coma un poco
cuando lo limpie. Será más difícil de comer que el bonito. Pero, a fin de cuentas, nada es fácil.

—¿Cómo te sientes, pez? —preguntó en voz alta—.
Yo me siento bien y mi mano izquierda va mejor y tengo comida para una noche y un día. Sigue tirando del
bote, pez.

No se sentía realmente bien, porque el dolor que le
causaba el sedal en la espalda había rebasado casi el dolor y pasado a un entumecimiento que le parecía sospe-
choso. Pero he pasado por cosas peores, pensó. Mi mano
sólo está un poco rozada y el calambre ha desaparecido
de la otra. Mis piernas están perfectamente. Y además
ahora te llevo ventaja en la cuestión del sustento.

Ahora era de noche, pues en septiembre se hace de
noche rápidamente después de la puesta del sol. Se echó
contra la madera gastada de la proa y reposó todo lo
posible. Habían salido las primeras estrellas. No conocía
el nombre de Venus, pero la vio y sabía que pronto estarían todas a la vista y que tendría consigo a todas sus ami-
gas lejanas.

—El pez es también mi amigo —dijo en voz alta—. Jamás he visto ni he oído hablar de un pez así. Pero tengo que matarlo. Me alegro de que no tengamos que tratar de matar las estrellas.

Imagínate que cada día tuviera uno que tratar de matar a la luna, pensó. La luna se escapa. Pero ¡imagínate que tuviera uno que tratar diariamente de matar al sol! Nacimos con suerte, pensó.

Luego sintió pena por el gran pez que no tenía nada que comer y su decisión de matarlo no se aflojó por eso un instante. Podría alimentar a mucha gente, pensó. Pero ¿serán dignos de comerlo? No, desde luego que no. No hay persona digna de comérselo, a juzgar por su comportamiento y su gran dignidad.

No comprendo estas cosas, pensó. Pero es bueno que no tengamos que tratar de matar al sol o a la luna o a las estrellas. Basta con vivir del mar y matar a nuestros verdaderos hermanos.

Ahora, se dijo, tengo que pensar en hacer más resistencia para aminorar la velocidad. Tiene sus peligros y sus ventajas. Pudiera perder tanto sedal que pierda al pez si hace su esfuerzo y si el lastre de remos está en su lugar y el bote pierde toda su ligereza. Su ligereza prolonga el sufrimiento de nosotros dos, pero es mi seguridad, puesto que el pez tiene una gran velocidad que no ha empleado todavía. Pase lo que pase tengo que limpiar el dorado para que no se eche a perder y comer una parte de él para estar fuerte.

Ahora descansaré una hora más y veré si continúa firme y sin alteración antes de volver a la popa y hacer el trabajo y tomar una decisión. Entretanto veré cómo se porta y si presenta algún cambio. Los remos son un buen truco, pero ha llegado el momento de actuar sobre seguro. Todavía es mucho pez y he visto que el anzuelo estaba en el canto de su boca y ha mantenido la boca herméticamente cerrada. El castigo del anzuelo no es nada. El castigo del hambre y el que se halle frente a una cosa que no comprende lo es todo. Descansa ahora, viejo, y déjalo trabajar hasta que llegue tu turno.

Descansó durante lo que creyó serían dos horas. La luna no se levantaba ahora hasta tarde y no tenía modo de calcular el tiempo. Y no descansaba realmente, salvo por comparación. Todavía llevaba con los hombros la presión del sedal, pero puso la mano izquierda en la regala de proa y fue confiando cada vez más presión a la propia barca.

Qué simple sería si pudiera amarrar el sedal, pensó. Pero con una brusca sacudida podría romperlo. Tengo que amortiguar la tensión del sedal con mi cuerpo y estar dispuesto en todo momento a soltar sedal con ambas manos.

—Pero todavía no has dormido, viejo —dijo en voz alta—. Ha pasado medio día y una noche y ahora otro día y no has dormido. Tienes que idear algo para poder dormir un poco si el pez sigue tirando tranquila y seguidamente. Si no duermes, pudiera nublársete la cabeza.

Ahora tengo la cabeza despejada, pensó. Demasiado despejada. Estoy tan claro como las estrellas, que son mis hermanas. Con todo, debo dormir. Ellas duermen, y la luna y el sol también duermen, y hasta el océano duerme a veces, en ciertos días, cuando no hay corriente y se produce una calma chicha.

Pero recuerda dormir, pensó. Oblígate a hacerlo e inventa algún modo simple y seguro de atender a los sedales. Ahora vuelve allá y prepara el dorado. Es demasiado peligroso armar los remos en forma de lastre si vas a dormir.

Podría pasarme sin dormir, se dijo. Pero sería demasiado peligroso.

Empezó a abrirse paso de nuevo hacia la popa, a gatas, con manos y rodillas, cuidando de no sacudir el sedal del pez. Puede que él ya esté medio dormido, pensó. Pero no quiero que descanse. Debe seguir tirando hasta que muera.

De vuelta en la popa se giró de modo que su mano izquierda aguantara la tensión del sedal a través de sus hombros y sacó el cuchillo de la funda con la mano derecha.

Ahora las estrellas estaban brillantes y vio claramente el dorado y le clavó el cuchillo en la cabeza y lo sacó de debajo de la popa. Puso uno de sus pies sobre el pescado y lo abrió rápidamente desde la cola hasta la punta de su mandíbula inferior. Luego soltó el cuchillo y lo destripó con la mano derecha, limpiándolo completamente y arrancándole de cuajo las agallas. Sintió la tripa pesada y resbaladiza en su mano y la abrió. Dentro había dos peces voladores. Estaban frescos y duros y los puso uno junto al otro y arrojó las tripas a las aguas por sobre la popa. Se hundieron dejando una estela de fosforescencia en el agua. El dorado estaba ahora frío y era de un lepro-so blancuzco a la luz de las estrellas y el viejo le arrancó el pellejo de un costado mientras sujetaba su cabeza con el pie derecho. Luego lo volteó y peló la otra parte y con el cuchillo levantó la carne de cada costado desde la cabeza a la cola.

Soltó el resto por sobre la borda y miró a ver si se producía algún remolino en el agua. Pero sólo se perci-bía la luz de su lento descenso. Se giró entonces y puso los dos peces voladores dentro de los filetes de pescado y, volviendo el cuchillo a la funda, regresó lentamente a la proa. Se le doblaba la espalda por la presión del sedal que corría sobre ella mientras él avanzaba con el pesca-do en la mano derecha.

De vuelta en la proa puso los dos filetes de pescado en la madera y los peces voladores junto a ellos. Después de esto afirmó el sedal contra sus hombros y en un lugar distinto y lo sujetó de nuevo con la mano izquierda apo-yada en la regala. Luego se inclinó sobre la borda y lavó los peces voladores en el agua notando la velocidad del agua contra su mano. Su mano estaba fosforescente por haber pelado el pescado y observó el flujo del agua contra ella. El flujo era menos fuerte y al frotar el canto de su mano contra la tablazón de la barca salieron flotando partículas de fósforo que derivaron lentamente hacia popa.

—O se está cansando o está descansando —dijo el viejo—. Ahora déjame comer este dorado y descansar un poco y dormir un rato.

Bajo las estrellas en la noche, que se iba tornando cada vez más fría, se comió la mitad de uno de los filetes de dorado y uno de los peces voladores limpio y sin cabeza.

—Qué excelente pescado es el dorado para comerlo cocinado —dijo—. Y qué pescado tan malo es crudo. Jamás volveré a salir en un bote sin sal o limones.

Si hubiera sido listo habría echado agua sobre la proa todo el día. Al secarse habría hecho sal, pensó. Pero el hecho es que no enganché el dorado hasta cerca de la puesta del sol. Sin embargo, fue una falta de previsión. Pero lo he masticado bien y no siento náuseas.

El cielo se estaba nublando sobre el este y una tras otra las estrellas que conocía fueron desapareciendo. Ahora parecía como si estuvieran entrando en un gran desfiladero de nubes y el viento había amainado.

—Dentro de tres o cuatro días habrá mal tiempo —dijo—. Pero no esta noche ni mañana. Apareja ahora para dormir un poco, viejo, mientras el pez está tranquilo y sigue estable.

Sujetó firmemente el sedal en su mano derecha, luego empujó su muslo contra su mano derecha mientras echaba todo el peso contra la madera de la proa. Luego pasó el sedal un poco más abajo por los hombros y lo apuntaló con la mano izquierda.

Mi mano derecha puede sujetarlo mientras esté apuntalado, pensó. Si se afloja en el sueño, mi mano izquierda me despertará cuando el sedal empiece a correr. Es duro para la mano derecha. Pero está acostumbrada al castigo. Aun cuando sólo duerma veinte minutos o media hora, me hará bien. Se inclinó adelante, afianzándose contra el sedal con todo su cuerpo, echando todo su peso sobre la mano derecha, y se quedó dormido.

No soñó con los leones. Soñó con un vasto banco de delfines que se extendía por espacio de ocho a diez millas. Y era en la época de apareamiento y brincaban muy alto en el aire y caían en el mismo hoyo que habían abierto en el agua al impulsarse fuera.

Luego soñó que estaba en el pueblo, en su cama, y soplaba un norte y hacía mucho frío y su mano derecha estaba dormida porque su cabeza había descansado sobre ella en vez de hacerlo sobre una almohada.

Después empezó a soñar con la larga playa amarilla y vio el primero de los leones que descendían a ella al anochecer. Y luego vinieron los otros leones. Y él apoyó la barbilla sobre la madera de la proa del barco que allí estaba fondeado sintiendo la vespertina brisa de tierra y esperando a ver si venían más leones. Y era feliz.

La luna se había levantado hacía mucho tiempo, pero él seguía durmiendo y el pez seguía tirando seguidamente del bote y éste entraba en un túnel de nubes.

Lo despertó la sacudida de su puño derecho contra su cara y el escozor del sedal pasando por su mano derecha. No tenía sensación en su mano izquierda, pero frenó todo lo que pudo con la derecha y el sedal seguía corriendo precipitadamente. Por fin su mano izquierda halló el sedal y ahora le quemaba la espalda y la mano izquierda, que estaba aguantando toda la tracción y se estaba desollando malamente. Volvió la vista a los rollos de sedal y vio que se estaban desenrollando suavemente. Justamente entonces el pez irrumpió en la superficie haciendo un gran desgarrón en el océano y cayendo pesadamente luego. Luego volvió a irrumpir, brincando una y otra vez, y el bote iba velozmente aunque el sedal seguía corriendo y el viejo estaba llevando la tensión hasta su máximo de resistencia, repetidamente, una y otra vez. El pez había tirado de él contra la proa y su cara estaba contra la tajada suelta de dorado y no podía moverse.

Esto es lo que esperábamos, pensó. Así pues, vamos a aguantarlo.

Que tenga que pagar por el sedal, pensó. Que tenga que pagarlo bien.

No podía ver los brincos del pez sobre el agua: sólo sentía la rasgadura del océano y el pesado golpe contra el agua al caer. La velocidad del sedal desollaba sus manos, pero nunca había ignorado que esto sucedería y trató de mantener el roce sobre sus partes callosas y no dejar escapar el sedal a la palma y evitar que le desollara los dedos.

Si el muchacho estuviera aquí mojaría los rollos de sedal, pensó. Sí. Si el muchacho estuviera aquí. Si el muchacho estuviera aquí.

El sedal se iba más y más, pero ahora más lentamente, y el viejo estaba obligando al pez a ganarse cada pulgada de sedal. Ahora levantó la cabeza de la madera y la sacó de la tajada de pescado que su mejilla había aplastado. Luego se puso de rodillas y seguidamente se puso lentamente de pie. Estaba cediendo sedal, pero cada vez más lentamente. Logró volver adonde podía sentir con el pie los rollos de sedal que no veía. Quedaba todavía suficiente sedal y ahora el pez tenía que vencer la fricción de todo aquel nuevo sedal a través del agua.

Sí, pensó. Y ahora ha salido más de una docena de veces fuera del agua y ha llenado de aire las bolsas a lo largo del lomo y no puede descender a morir a las profundidades de donde yo no pueda levantarlo. Pronto empezará a dar vueltas. Entonces tendré que empezar a trabajarlo. Me pregunto qué le habrá hecho brincar tan de repente fuera del agua. ¿Habrá sido el hambre, llevándolo a la desesperación, o habrá sido algo que lo asustó en la noche? Quizá haya tenido miedo de repente. Pero era un pez tranquilo, tan fuerte, y parecía tan valeroso y confiado. Es extraño.

—Mejor que tú mismo no tengas miedo y que tengas

confianza, viejo —dijo—. Lo estás sujetando de nuevo, pero no puedes recoger sedal. Pronto tendrá que empezar a girar en derredor.

El viejo sujetaba ahora al pez con su mano izquierda y con sus hombros, y se inclinó y cogió agua en el hueco de la mano derecha para quitarse de la cara la carne aplastada del dorado. Temía que le diera náuseas y vomitara y perder así sus fuerzas. Cuando se hubo limpiado la cara, lavó la mano derecha en el agua por sobre la borda y luego la dejó en el agua salada mientras percibía la aparición de la primera luz que precede a la salida del sol.

Va casi derecho al este, pensó. Eso quiere decir que está cansado y que sigue la corriente. Pronto tendrá que girar. Ahí empieza nuestro verdadero trabajo.

Después de considerar que su mano derecha llevaba suficiente tiempo en el agua la sacó y se la miró.

—No está mal —dijo—. Para un hombre el dolor no importa.

Sujetó el sedal con cuidado, de forma que no se ajustara a ninguna de las recientes rozaduras, y lo corrió de modo que pudiera poner su mano izquierda en el mar por sobre el otro costado de la barca.

—Lo has hecho bastante bien y no en balde —dijo a su mano izquierda—. Pero hubo un momento en que no podía encontrarte.

¿Por qué no habré nacido con dos buenas manos?, pensó. Quizá yo haya tenido la culpa, por no entrenar ésta debidamente. Pero bien sabe Dios que ha tenido bastantes ocasiones de aprender. No lo ha hecho tan mal esta noche, después de todo, y sólo se ha acalambrado una vez. Si le vuelve a dar, deja que el sedal le arranque la piel.

Cuando le pareció que se le estaba nublando un poco la cabeza, pensó que debía comer un poco más de dorado. Pero no puedo, se dijo. Es mejor tener la mente un poco nublada que perder fuerzas por la náusea. Y yo sé que no podré guardar la carne si me la como después de haberme embarrado la cara con ella. La dejaré para un caso de apuro hasta que se ponga mala. Pero es demasiado tarde para tratar de ganar fuerzas con el alimento. Eres estúpido, se dijo. Cómete el otro pez volador.

Estaba allí, limpio y listo, y lo recogió con la mano izquierda y se lo comió, masticando cuidadosamente las espinas, comiéndoselo todo, hasta la cola.

Era más alimenticio que casi cualquier otro pez, pensó. Por lo menos el tipo de fuerza que necesito. Ahora he hecho lo que podía, pensó. Que empiece a trazar círculos y venga la pelea.

Cuando el pez empezó a dar vueltas, el sol estaba saliendo por tercera vez desde que se había hecho a la mar.

El viejo no podía ver por el sesgo del sedal que el pez estaba girando. Era demasiado pronto para eso. Sentía simplemente un débil aflojamiento de la presión del sedal y comenzó a tirar de él suavemente con la mano derecha. Se tensó, como siempre, pero justamente cuando llegó al punto en que se hubiera roto, el sedal empezó a ceder. El viejo sacó con cuidado la cabeza y los hombros de debajo del sedal y empezó a recogerlo suave y seguidamente. Usó las dos manos sucesivamente, balanceándose y tratando de efectuar la tracción lo más posible con el cuerpo y con las piernas. Sus viejas piernas y hombros giraban con ese movimiento de contoneo a que le obligaba la tracción.

—Es un círculo ancho —dijo—. Pero está girando.

Luego el sedal dejó de ceder y el viejo lo sujetó hasta que vio que empezaba a soltar las gotas al sol. Luego empezó a correr y el viejo se arrodilló y lo dejó ir nuevamente, a regañadientes, al agua oscura.

—Ahora está haciendo la parte más lejana del círculo —dijo.

Debo aguantar todo lo posible, pensó. La tirantez acortará su círculo cada vez más. Es posible que lo vea dentro de una hora. Ahora debo convencerlo y luego debo matarlo.

Pero el pez seguía girando lentamente y dos horas después el viejo estaba empapado en sudor y fatigado hasta la médula. Pero los círculos eran mucho más cortos y por la forma en que el sedal se sesgaba podía apreciar que el pez había ido subiendo mientras giraba.

Durante una hora el viejo había estado viendo puntos negros ante los ojos y el sudor salaba sus ojos y salaba la herida que tenía en la ceja y la frente. No temía a los puntos negros. Eran normales, a la tensión a que estaba tirando del sedal. Dos veces, sin embargo, había sentido vahídos y mareos, y eso le preocupaba.

—No puedo fallarme a mí mismo y morir frente a un pez como éste —dijo—. Ahora que lo estoy acercando tan lindamente, Dios me ayude a resistir. Rezaré cien

114

padrenuestros y cien avemarías. Pero no puedo rezarlos ahora.

Considéralos rezados, pensó. Los rezaré más tarde.

Justamente entonces sintió de súbito una serie de tirones y sacudidas en el sedal que sujetaba con ambas manos. Era una sensación viva, dura y pesada.

Está golpeando el alambre con su pico, pensó. Tenía que suceder. Tenía que hacer eso. Sin embargo, puede que lo haga brincar fuera del agua, y yo preferiría que ahora siguiera dando vueltas. Los brincos fuera del agua le eran necesarios para tomar aire. Pero después de eso, cada uno puede ensanchar la herida del anzuelo, y pudiera llegar a soltar el anzuelo.

—No brinques, pez —dijo—. No brinques.

El pez golpeó el alambre varias veces más, y cada vez que sacudía la cabeza el viejo cedía un poco más de sedal.

Tengo que evitar que aumente su dolor, pensó. El mío no importa. Yo puedo controlarlo. Pero su dolor pudiera exasperarlo.

Después de un rato el pez dejó de golpear el alambre y de nuevo empezó a girar con lentitud. Ahora el viejo estaba ganando sedal gradualmente. Pero de nuevo sintió un vahído. Cogió un poco de agua del mar con la mano izquierda y se mojó la cabeza. Luego cogió más agua y se frotó la parte de atrás del cuello.

—No tengo calambres —dijo—. El pez estará pronto arriba y tengo que resistir. Tienes que resistir. De eso, ni hablar.

Se arrodilló contra la proa y, por un momento, deslizó de nuevo el sedal sobre su espalda. Ahora descansaré mientras él sale a trazar su círculo, y luego, cuando venga, me pondré de pie y lo trabajaré, decidió.

Era una gran tentación descansar en la proa y dejar que el pez trazara un círculo por sí mismo sin recoger sedal alguno. Pero cuando la tirantez indicó que el pez había virado para venir hacia la barca, el viejo se puso de pie y empezó a tirar en ese movimiento giratorio y de contorno, hasta recoger todo el sedal ganado al pez.

Jamás me he sentido tan cansado, pensó, y ahora se está levantando la brisa. Pero eso me ayudará a llevarlo a tierra. Lo necesito mucho.

—Descansaré en la próxima vuelta que salga a dar —dijo—. Me siento mucho mejor. Luego, en dos o tres vueltas más, lo tendré en mi poder.

Su sombrero de paja estaba allá en la parte de atrás de la cabeza. El viejo sintió que el pez giraba de nuevo, y un fuerte tirón del sedal lo hundió contra la proa.

Pez, tú trabaja ahora, pensó, que a la vuelta te pescaré.

El mar estaba bastante más agitado. Pero era una brisa de buen tiempo y el viejo la necesitaba para volver a tierra.

—Pondré, simplemente, proa al sur y al oeste —dijo—. Un hombre no se pierde nunca en la mar. Y la isla es larga.

Fue en la tercera vuelta cuando primero vio el pez. Lo vio primero como una sombra oscura que tardó tanto tiempo en pasar bajo el bote que el viejo no podía creer qué fuese tal su longitud.

—No —dijo—. No puede ser tan grande.

Pero era tan grande, y al cabo de su vuelta salió a la superficie, sólo a treinta yardas de distancia, y el hombre vio su cola fuera del agua. Era más alta que una gran hoja de guadaña y de un color azuloso rojizo muy pálido sobre la oscura agua azul. Volvió a hundirse y mientras el pez nadaba justamente bajo la superficie el viejo pudo ver el enorme bulto y las franjas purpurinas que lo ceñían. Llevaba la aleta dorsal replegada y sus enormes pectorales desplegados a todo lo que daban.

En ese círculo pudo el viejo ver de cerca al pez y las dos rémoras grises que nadaban en torno a él. A veces se adherían a él. A veces salían disparadas. A veces nadaban tranquilamente a su sombra. Cada una tenía más de tres pies de largo, y cuando nadaban rápidamente meneaban todo su cuerpo como anguilas.

El viejo estaba ahora sudando, pero por algo más que por el sol. En cada vuelta que daba plácida y tranquilamente el pez, el viejo iba ganando sedal y estaba seguro de que en dos vueltas más tendría ocasión de clavarle el arpón.

Pero tengo que acercarlo, acercarlo, acercarlo, pensó. No debo apuntar a la cabeza. Tengo que alcanzar el corazón.

—Calma y fuerza, viejo —dijo.

En la vuelta siguiente el lomo del pez salió del agua, pero estaba demasiado lejos del bote. En la vuelta siguiente estaba todavía lejos, pero sobresalía más del agua y el viejo estaba seguro de que cobrando un poco más de sedal habría podido arrimarlo al bote.

Había preparado su arpón mucho antes y su rollo de cabo ligero estaba en una cesta redonda, y el extremo estaba amarrado a la bita en la proa.

Ahora el pez se estaba acercando, bello y tranquilo, en su círculo y sin mover más que la gran cola. El viejo tiró de él lo que pudo para acercarlo más. Por un instante el pez se viró un poco sobre un costado. Luego se enderezó y emprendió otra vuelta.

—Lo moví —dijo el viejo—. Esta vez lo moví.

Sintió nuevamente un vahído, pero siguió aplicando sobre el gran pez toda la presión de que era capaz. Lo he movido, pensó. Quizá esta vez pueda virarlo. Tirad, manos, pensó. Aguantad firmes, piernas. No me falles, cabeza. No me falles. Nunca te has dejado llevar. Esta vez voy a virarlo.

Pero cuando puso en ello todo su esfuerzo, empezando a bastante distancia antes de que el pez se pusiera al nivel de la barca y tirando con todas sus fuerzas, el pez viró en parte y luego se enderezó y se alejó nadando.

—Pez —dijo el viejo—. Pez, vas a tener que morir de todos modos. ¿Tienes que matarme también a mí?

De ese modo no se consigue nada, pensó. Su boca

119

estaba demasiado seca para hablar, pero ahora no podía alcanzar el agua. Esta vez tengo que arrimarlo, pensó. No estoy para muchas vueltas más. Pues claro que sí, se dijo a sí mismo. Estás para eso y mucho más.

En la siguiente vuelta estuvo a punto de vencerlo. Pero de nuevo el pez se enderezó y salió nadando lentamente.

Me estás matando, pez, pensó el viejo. Pero tienes derecho. Hermano, jamás en mi vida he visto cosa más grande, ni más hermosa, ni más tranquila ni más noble que tú. Vamos, ven a matarme. No me importa quién mate a quién.

Ahora se te está confundiendo la mente, pensó. Tienes que mantener la cabeza despejada. Mantén la cabeza despejada y aprende a sufrir como un hombre. O como un pez, pensó.

—Despéjate, cabeza —dijo en una voz que apenas podía oír—. Despéjate.

Dos veces más ocurrió lo mismo en las vueltas.

No sé, pensó el viejo. Cada vez se había sentido a punto de desfallecer. No sé. Pero probaré otra vez.

Probó una vez más y se sintió desfallecer cuando viró

el pez. El pez se enderezó y salió nadando de nuevo lentamente, meneando en el aire su gran cola.

Probaré de nuevo, prometió el viejo, aunque sus manos estaban ahora pulposas y sólo podía ver bien a intervalos.

Probó de nuevo y fue lo mismo. Vaya, pensó, y se sintió desfallecer antes de empezar. Voy a probar otra vez.

Cogió todo su dolor y lo que quedaba de su fuerza y del orgullo que había perdido hacía mucho tiempo y lo enfrentó a la agonía del pez. Y éste viró sobre su costado y nadó suavemente en esa posición, casi tocando con el pico la tablazón del bote y empezó a rebasarla: largo, espeso, ancho, plateado y listado de púrpura e interminable en el agua.

El viejo soltó el sedal y puso su pie sobre él y levantó el arpón tan alto como pudo y lo lanzó hacia abajo con toda su fuerza, y más fuerza que acababa de crear, al costado del pez, justamente detrás de la gran aleta pectoral que se elevaba en el aire, a la altura del pecho de un hombre. Sintió que el hierro penetraba en el pez y se inclinó sobre él y lo forzó a penetrar más, y luego le echó encima todo su peso.

Entonces, el pez cobró vida, con la muerte en las entrañas, y se levantó del agua, mostrando toda su gran longitud y anchura y todo su poder y belleza. Pareció flotar en el aire sobre el viejo que estaba en la barca. Luego cayó en el agua con un estampido que arrojó un reguero de agua sobre el viejo y sobre toda la barca.

El viejo se sentía desfallecer y estaba mareado y no veía bien. Pero soltó el sedal del arpón y lo dejó correr lentamente entre sus manos en carne viva; y cuando pudo ver, vio que el pez estaba de espalda, con el plateado vientre hacia arriba. El mango del arpón se proyectaba en ángulo desde el hombro del pez y el mar se estaba tiñendo de la sangre roja de su corazón. Primero era oscura como un bajío en el agua azul que tenía más de una milla de profundidad. Luego se distendió como una nube. El pez era plateado y estaba quieto y flotaba movido por las olas.

El viejo miró con atención en el intervalo de vista que tenía. Luego dio dos vueltas con el sedal del arpón a la bita de la proa y se sujetó la cabeza con las manos.

—Tengo que mantener clara la mente —dijo contra la madera de la proa—. Soy un hombre viejo y cansado.

Pero he matado a este pez que es mi hermano y ahora tengo que terminar la faena.

Ahora tengo que preparar los lazos y la cuerda para amarrarlo al costado, pensó. Aun cuando fuéramos dos y anegáramos la barca para cargar el pez y achicáramos luego, esta barca jamás podría con él. Tengo que prepararlo todo y luego arrimarlo y amarrarlo bien y encajar el mástil y largar vela de regreso.

Empezó a tirar del pez para ponerlo a lo largo del costado, de modo que pudiera pasarle un sedal por las agallas, sacarlo por la boca y amarrarle la cabeza al costado de proa. Quiero verlo, pensó, y tocarlo, y palparlo. Creo que sentí su corazón, pensó. Cuando empujé el mango del arpón la segunda vez. Acercarlo ahora y amarrarlo, y echarle el lazo a la cola y otro por el centro, y ligarlo al bote.

—Ponte a trabajar, viejo —dijo. Tomó un trago muy pequeño de agua—. Hay mucha faena que hacer ahora que la pelea ha terminado.

Alzó la vista al cielo y luego la tendió hacia su pez. Miró el sol con detenimiento. No debe ser mucho más de mediodía, pensó. Y la brisa se está levantando. Los sedales no significan nada ya. El muchacho y yo los empalmaremos cuando lleguemos a casa.

—Vamos, pez, ven acá —dijo. Pero el pez no venía. Seguía allí, flotando en el mar, y el viejo llevó el bote hasta él.

Cuando estuvo a su nivel y tuvo la cabeza del pez contra la proa no pudo creer que fuera tan grande. Pero soltó de la bita la soga del arpón, la pasó por las agallas del pez y la sacó por sus mandíbulas. Dio una vuelta con ella a la espalda y luego la pasó a través de la otra agalla. Dio otra vuelta al pico y anudó la doble cuerda y la sujetó a la bita de proa. Cortó entonces el cabo y se fue a popa a enlazar la cola. El pez se había vuelto plateado (originalmente era violáceo y plateado) y las franjas eran del mismo color violáceo pálido de su cola. Eran más anchas que la mano de un hombre con los dedos abiertos y los ojos del pez parecían tan indiferentes como los espejos de un periscopio o un santo en una procesión.

—Era la única manera de matarlo —dijo el viejo. Se estaba sintiendo mejor desde que había tomado el buche de agua y sabía que no desfallecería y su cabeza estaba despejada.

Tal como está, pesa mil quinientas libras, pensó. Quizá más. ¿Si quedaran en limpio dos tercios de eso, a treinta centavos la libra?

—Para eso necesito un lápiz —dijo—. Mi cabeza no está tan clara como para eso. Pero creo que el gran Di Maggio se hubiera sentido hoy orgulloso de mí. Yo no tenía espuelas de hueso. Pero las manos y la espalda duelen de veras.

Me pregunto qué será una espuela de hueso, pensó. Puede que las tengamos sin saberlo.

Sujetó el pez a la proa y a la popa y al banco del medio. Era tan grande, que era como amarrar un bote mucho más grande al costado del suyo. Cortó un trozo de sedal y amarró la mandíbula inferior del pez contra su pico, a fin de que no se le abriera la boca y que pudieran navegar lo más desembarazadamente posible. Luego encajó el mástil en la carlinga, y con el palo que era su bichero y el botalón aparejados, la remendada vela cogió viento, el bote empezó a moverse y, medio tendido en la popa, el viejo puso proa al sudoeste.

No necesitaba brújula para saber dónde estaba el sudoeste. No tenía más que sentir la brisa y el tiro de la vela.

Será mejor que eche un sedal con una cuchara al agua y trate de coger algo para comer y mojarlo con agua, se dijo. Pero no encontró ninguna cuchara y sus sardinas estaban podridas. Así que enganchó un parche de algas marinas con el bichero y lo sacudió y los pequeños camarones que había en él cayeron en el fondo del bote. Había más de una docena de ellos y brincaban y pataleaban como pulgas de playa. El viejo les arrancó las cabezas con el índice y el pulgar y se los comió, masticando las cortezas y las colas. Eran muy pequeñitos, pero él sabía que eran alimenticios y no tenían mal sabor.

El viejo tenía todavía dos tragos de agua en la botella y se tomó la mitad de uno al acabar de comerse los camarones. La barca navegaba bien, considerando los inconvenientes, y el viejo la gobernaba con la caña del timón bajo el brazo. Podía ver el pez y no tenía más que mirar a sus manos y sentir el contacto de su espalda con la popa para saber que esto había sucedido realmente y que no era un sueño. En un momento hacia el final de la pelea, cuando se sentía mal, había pensado que quizá fuera un sueño. Luego, cuando había visto saltar el pez del agua y permanecer inmóvil contra el cielo antes de caer, tuvo la seguridad de que era algo enormemente extraño y no podía creerlo. Luego empezó a ver mal. Ahora, sin embargo, había vuelto a ver como siempre.

Ahora sabía que el pez iba ahí y que sus manos y su espalda no eran un sueño. Las manos curan rápidamente, pensó. Las he desangrado, pero el agua salada las curará. El agua oscura del golfo verdadero es la mejor cura que existe. Lo único que tengo que hacer es conservar la claridad mental. Las manos han hecho su faena y navegamos bien. Con su boca cerrada y su cola vertical navegamos como hermanos. Luego su cabeza empezó a nublarse un poco y pensó: ¿Me llevará él a mí o lo llevaré yo a él? Si yo lo llevara a él a remolque no habría duda. Ni tampoco si el pez fuera en la barca, ya sin ninguna dignidad. Pero navegaban juntos, ligados costado con costado, y el viejo pensó: Deja que él me lleve si quiere. Yo sólo soy mejor que él por mis artes y él no ha querido hacerme daño.

Navegaban bien y el viejo empapó las manos en el agua salada y trató de mantener la mente clara. Había altos cúmulos y suficientes cirros sobre ellos: por eso sabía que la brisa duraría toda la noche. El viejo miraba al pez constantemente para cerciorarse de que era cierto. Pasó una hora antes de que le acometiera el primer tiburón.

El tiburón no era un accidente. Había surgido de la profundidad cuando la nube oscura de la sangre se había formado y dispersado en el mar a una milla de profundidad. Había surgido tan rápidamente y tan sin cuidado que rompió la superficie del agua azul y apareció al sol. Luego se hundió de nuevo en el mar y captó el rastro y empezó a nadar siguiendo el curso de la barca y el pez.

A veces perdía el rastro. Pero lo captaba de nuevo, aunque sólo fuera por asomo, y se precipitaba rápida y fieramente en su persecución. Era un tiburón Mako muy grande, hecho para nadar tan rápidamente como el más rápido pez en el mar, y todo en él era hermoso, salvo sus mandíbulas.

Su lomo era tan azul como el de un pez espada y su vientre era plateado y su piel era suave y hermosa. Estaba hecho como un pez espada, salvo por sus enormes mandíbulas, que iban herméticamente cerradas mientras nadaba, justamente bajo la superficie, su alta aleta dorsal cortando el agua sin oscilar. Dentro del doble labio cerrado de sus mandíbulas, sus ocho filas de dientes se inclinaban hacia dentro. No eran los ordinarios dientes piramidales de la mayoría de los tiburones. Tenían la forma de los dedos de un hombre cuando se crispan como garras. Eran casi tan largos como los dedos del viejo y tenían filos como de navajas por ambos lados. Éste era un pez hecho para alimentarse de todos los peces del mar que fueran tan rápidos y fuertes y bien armados que no tuvieran otro enemigo. Ahora, al percibir el aroma más fresco, su aleta dorsal azul cortaba el agua a más velocidad.

Cuando el viejo lo vio venir, se dio cuenta de que era un tiburón que no tenía ningún miedo y que haría exactamente lo que quisiera. Preparó el arpón y sujetó el cabo mientras veía venir al tiburón. El cabo era corto, pues le faltaba el trozo que había cortado para amarrar el pez.

El viejo tenía ahora la cabeza despejada y en buen estado y estaba lleno de decisión, pero no abrigaba mucha esperanza. Era demasiado bueno para que durara, pensó. Echó una mirada al gran pez mientras veía al tiburón acercarse. Pudiera haber sido un sueño, pensó. No puedo impedir que me ataque, pero acaso pueda arponearlo. *Dentuso*, pensó. ¡Maldita sea tu madre!

El tiburón se acercó velozmente por la popa y cuando atacó al pez el viejo vio su boca abierta, sus extraños ojos y el tajante chasquido de los dientes al entrarle a la carne justamente sobre la cola. La cabeza del tiburón estaba fuera del agua y su lomo venía asomando y el viejo podía oír el ruido que hacía al desgarrar la piel y la carne del gran pez cuando clavó el arpón en la cabeza del tiburón en el punto donde la línea del entrecejo se cruzaba con la que corría rectamente hacia atrás partiendo del hocico. No había tales líneas: solamente la pesada y recortada cabeza azul y los grandes ojos y las mandíbulas que chasqueaban, acometían y se lo tragaban todo. Pero allí era donde estaba el cerebro y allí fue donde le pegó el viejo. Le pegó con sus manos pulposas y ensangrentadas, empujando el arpón con toda su fuerza. Le pegó sin esperanza, pero con resolución y furia.

El tiburón se volcó y el viejo vio que no había vida en sus ojos; luego el tiburón volvió a volcarse, se envolvió en dos lazos de cuerda. El viejo se dio cuenta de que estaba muerto, pero el tiburón no quería aceptarlo. Luego, de lomo, batiendo el agua con la cola y chasqueando las mandíbulas, el tiburón surcó el agua como una lancha de motor. El agua era blanca en el punto donde batía su cola y las tres cuartas partes de su cuerpo sobresalían del agua cuando el cabo se puso en tensión, retembló y luego se rompió. El tiburón se quedó un rato tranquilamente en la superficie y el viejo se paró a mirarlo. Luego el tiburón empezó a hundirse lentamente.

—Se llevó unas cuarenta libras —dijo el viejo en voz alta.

Se llevó también mi arpón y todo el cabo, pensó, y ahora mi pez sangra y vendrán otros tiburones.

No le agradaba ya mirar al pez porque estaba mutilado. Al haber sido atacado el pez, fue como si lo hubiera sido él mismo.

Pero he matado al tiburón que atacó a mi pez, pensó. Y era el *dentuso* más grande que había visto jamás. Y bien sabe Dios que yo he visto *dentusos* grandes.

Era demasiado bueno para durar, pensó. Ahora pienso que ojalá hubiera sido un sueño y que jamás hubiera pescado el pez y que me hallara solo en la cama sobre los periódicos.

—Pero el hombre no está hecho para la derrota —dijo—. Un hombre puede ser destruido, pero no derrotado.

Pero siento haber matado al pez, pensó. Ahora llega el mal momento y ni siquiera tengo el arpón. El *dentuso* es cruel y capaz y fuerte e inteligente. Pero yo fui más inteligente que él. Quizá no, pensó. Acaso estuviera solamente mejor armado.

—No pienses, viejo —dijo en voz alta—. Sigue tu rumbo y tómalo según venga.

Pero tengo que pensar, se dijo. Porque es lo único que me queda. Eso y el béisbol. Me pregunto qué le habría parecido al gran Di Maggio la forma en que le di en el cerebro. No fue gran cosa, pensó. Cualquier hombre habría podido hacerlo. Pero ¿cree usted que mis manos hayan sido un inconveniente tan grande como las espuelas de hueso? No puedo saberlo. Jamás he tenido nada malo en el talón, salvo aquella vez en que la raya me lo pinchó cuando la pisé nadando y me paralizó la parte inferior de la pierna provocándome un dolor insoportable.

—Piensa en algo alegre, viejo —dijo—. Ahora cada minuto que pasa estás más cerca de la orilla. Al haber perdido cuarenta libras, navegas más y más ligero.

Sabía perfectamente lo que podría suceder cuando

llegara a la parte interior de la corriente. Pero ahora no había nada que hacer.

—Claro que sí —dijo en voz alta—. Puedo amarrar el cuchillo al extremo de uno de los remos.

Lo hizo así con la caña del timón bajo el brazo y la escota de la vela bajo el pie.

—Vaya —dijo—. Soy un viejo. Pero no estoy desarmado.

Ahora la brisa era fresca y navegaba bien. Vigilaba sólo la parte delantera del pez y empezó a recobrar parte de su esperanza.

Es idiota no abrigar esperanzas, pensó. Además, creo que es un pecado. No pienses en el pecado, se dijo. Hay bastantes problemas ahora sin el pecado. Además, yo no entiendo de eso.

No lo entiendo y no estoy seguro de creer en el pecado. Quizá haya sido un pecado matar al pez. Supongo que sí, aunque lo hice para vivir y dar de comer a mucha gente. Pero entonces todo es pecado. No pienses en el pecado. Es demasiado tarde para eso y hay gente a la que se paga por hacerlo. Deja que ellos piensen en el pecado. Tú naciste para ser pescador y el pez nació para ser pez.

San Pablo era pescador, lo mismo que el padre del gran Di Maggio.

Pero le gustaba pensar en todas las cosas en que se hallaba envuelto, y puesto que no había nada que leer y no tenía un aparato de radio, pensaba mucho y seguía pensando acerca del pecado. No has matado al pez únicamente para seguir vivo y venderlo para comer, se dijo. Lo mataste por orgullo y porque eres pescador. Lo amabas cuando estaba vivo y lo amabas después. Si lo amas, no es pecado matarlo. ¿O será más que pecado?

—Piensas demasiado, viejo —dijo en voz alta.

Pero te gustó matar al *dentuso*, pensó. Vive de los peces vivos, como tú. No es un animal que se alimente de carroñas, ni un simple apetito ambulante, como otros tiburones. Es hermoso y noble y no conoce el miedo.

—Lo maté en defensa propia —dijo el viejo en voz alta—. Y lo maté bien.

Además, pensó, todo mata a lo demás en cierto modo. El pescar me mata a mí exactamente igual que me da la vida. El muchacho sostiene mi vida, pensó. No debo hacerme demasiadas ilusiones.

Se inclinó sobre la borda y arrancó un pedazo de la carne del pez donde lo había desgarrado el tiburón. Lo masticó y notó su buena calidad y su buen sabor. Era firme y jugosa como carne de res, pero no era roja. No tenía nervios y él sabía que en el mercado se pagaría al más alto precio. Pero no había manera de impedir que su aroma se extendiera por el agua y el viejo sabía que se acercaban muy malos momentos.

La brisa era firme. Había retrocedido un poco hacia el nordeste y el viejo sabía que eso significaba que no decaería. El viejo miró adelante, pero no se veía ninguna vela ni el casco ni el humo de ningún barco. Sólo los peces voladores que se levantaban de su proa abriéndose hacia los lados y los parches amarillos de los sargazos. Ni siquiera se veía un pájaro.

Había navegado durante dos horas, descansando en la popa y a veces masticando un pedazo de carne de la aguja, tratando de reposar para estar fuerte, cuando vio al primero de los dos tiburones.

—¡*Ay!* —dijo.

No hay equivalente para esta exclamación. Quizá sea tan sólo un ruido, como el que pueda emitir un hombre, involuntariamente, sintiendo los clavos atravesar sus manos y penetrar en la madera.

—*Galanos* —dijo.

Había visto ahora la segunda aleta que venía detrás de la primera y los había identificado como tiburones de hocico en forma de pala por la parda aleta triangular y los amplios movimientos de cola. Habían captado el olor y estaban excitados y en la estupidez de su voracidad estaban perdiendo y recobrando el rastro. Pero se acercaban sin cesar.

El viejo amarró la escota y trancó la caña. Luego cogió el remo al que había ligado el cuchillo. Lo levantó lo más suavemente posible porque sus manos se rebelaban contra el dolor. Luego las abrió y cerró suavemente para despegarlas del remo. Las cerró con firmeza para que ahora aguantaran el dolor y no cedieran y clavó la vista en los tiburones que se acercaban. Podía ver sus anchas y aplastadas cabezas de punta de pala y sus anchas aletas pectorales de blanca punta. Eran unos tiburones odiosos, malolientes, carroñeros y asesinos, y cuando tenían hambre eran capaces de morder un remo o un timón de barco. Eran estos tiburones los que cercenaban las patas de las tortugas cuando éstas nadaban dormidas en la superficie, y atacaban a un hombre en el agua si tenían hambre aun cuando el hombre no llevara encima sangre ni mucosidad de pez.

—¡Ay! —dijo el viejo—. *Galanos*. ¡Venid, *galanos*!

Vinieron. Pero no vinieron como había venido el Mako. Uno viró y se perdió de vista, abajo, y por la sacudida de la barca el viejo sintió que el tiburón acometía al pez y le daba tirones. El otro miró al viejo con sus hendidos ojos amarillos y luego vino rápidamente con su medio círculo de mandíbula abierto para acometer al pez donde ya había sido atacado. Luego apareció claramente la línea en la cima de su cabeza parda y más atrás donde el cerebro se unía a la espina dorsal y el viejo clavó el cuchillo que había amarrado al remo en la articulación. Lo retiró y lo clavó de nuevo en los amarillos ojos felinos del tiburón. El tiburón soltó el pez y se deslizó hacia abajo tragando lo que había cogido mientras moría.

La barca retemblaba todavía por los estragos que el otro tiburón estaba causando al pez y el viejo arrió la escota para que la barca virara en redondo y sacara de debajo al tiburón. Cuando vio al tiburón, se inclinó sobre la borda y le dio de cuchilladas. Sólo encontró carne, y la piel estaba endurecida y apenas pudo hacer penetrar el cuchillo. El golpe lastimó no sólo sus manos, sino también su hombro. Pero el tiburón subió rápido, sacando la cabeza, y el viejo le dio en el centro mismo de aquella cabeza plana al tiempo que el hocico salía del agua y apresaba al pez. El viejo retiró la hoja y acuchilló de nuevo al tiburón exactamente en el mismo lugar. Todavía siguió prendido al pez que había enganchado con sus mandíbulas, y el viejo lo acuchilló en el ojo izquierdo. El tiburón seguía apresando al pez.

—¿No? —dijo el viejo, y le clavó la hoja entre las vértebras y el cerebro. Ahora fue un golpe fácil y el viejo sintió cómo se rompía el cartílago. El viejo invirtió el remo y metió la pala entre las mandíbulas del tiburón para forzarlo a soltar. Hizo girar la pala, y al desprenderse el tiburón, dijo:

—Vamos, *galano*. Baja, déjate ir hasta una milla de profundidad. Ve a ver a tu amigo. O quizá sea tu madre.

El viejo limpió la hoja de su cuchillo y soltó el remo. Luego cogió la escota y la vela se llenó de aire y el viejo puso la barca en su derrota.

—Deben de haberse llevado un cuarto del pez y de la mejor carne —dijo en voz alta—. Ojalá fuera un sueño y que jamás lo hubiera pescado. Lo siento, pez. Todo se ha echado a perder.

Se detuvo y ahora no quiso mirar al pez. Desangrando y a flor de agua, parecía del color de la parte posterior de los espejos, y todavía se le veían las franjas.

—No debí haberme alejado tanto de la costa, pez —dijo—. Ni por ti ni por mí. Lo siento, pez.

Ahora, se dijo, mira la ligadura del cuchillo a ver si está cortada. Luego pon tu mano en buen estado, porque esto todavía no ha acabado.

—Ojalá hubiera traído una piedra para afilar el cuchillo —dijo el viejo después de haber examinado la ligadura en el extremo del remo—. Debí haber traído una piedra.

Debiste haber traído muchas cosas, pensó. Pero no las has traído, viejo. Ahora no es el momento de pensar en lo que no tienes. Piensa en lo que puedes hacer con lo que hay.

—Me estás dando muchos buenos consejos —dijo en voz alta—. Ya me tiene cansado.

Sujetó la caña bajo el brazo y metió las dos manos en el agua mientras la barca seguía avanzando.

—Dios sabe cuánto se habrá llevado ese último —dijo—. Pero ahora pesa mucho menos.

No quería pensar en la mutilada parte inferior del pez. Sabía que cada uno de los tirones del tiburón había significado carne arrancada y que el pez dejaba ahora para todos los tiburones un rastro tan ancho como una carretera a través del océano.

Era un pez capaz de mantener a un hombre todo el invierno, pensó. No pienses en eso. Descansa simplemente y trata de poner tus manos en orden para defender lo que queda. El olor a sangre de mis manos no significa nada, ahora que existe todo ese rastro en el agua. Además, no sangran mucho. No hay ninguna herida de cuidado. La sangría puede impedir que se acalambre la izquierda.

¿En qué puedo pensar ahora?, se dijo. En nada. No debo pensar en nada y esperar a los siguientes. Ojalá hubiera sido realmente un sueño, pensó. Pero ¿quién sabe? Hubiera podido salir bien.

El siguiente tiburón que apareció venía solo y era otro hocico de pala. Vino como un puerco al abrevadero, si hubiera un puerco con una boca tan grande que cupiera en ella la cabeza de un hombre. El viejo dejó que atacara al pez. Luego le clavó el cuchillo del remo en el cerebro. Pero el tiburón brincó hacia atrás mientras rolaba y la hoja del cuchillo se rompió.

El viejo se puso al timón. Ni siquiera quiso ver cómo el tiburón se hundía lentamente en el agua, apareciendo primero en todo su tamaño; luego, pequeño; luego, diminuto. Eso le había fascinado siempre. Pero ahora ni siquiera miró.

—Ahora me queda el bichero —dijo—. Pero no servirá de nada. Tengo los dos remos y la caña del timón y la porra.

Ahora me han derrotado, pensó. Soy demasiado viejo para matar tiburones a garrotazos. Pero lo intentaré mientras tenga los remos y la porra y la caña.

Volvió a hundir sus manos en el agua para empaparlas. La tarde estaba avanzando y todavía no veía más que el mar y el cielo. Había más viento en el cielo que antes y esperaba ver pronto tierra.

—Estás cansado, viejo —dijo—. Estás cansado por dentro.

Los tiburones no le atacaron hasta justamente antes de la puesta del sol.

El viejo vio venir las pardas aletas a lo largo de la ancha estela que el pez debía de trazar en el agua. No venían siquiera siguiendo el rastro. Se dirigían derecho a la barca, nadando a la par.

Trancó la caña, amarró la escota y cogió la porra que tenía bajo la popa. Era un mango de remo roto, serruchado a una longitud de dos pies y medio. Sólo podía usarlo eficazmente con una mano, debido a la forma de la empuñadura, y lo cogió firmemente con la derecha, flexionando la mano mientras veía venir a los tiburones. Ambos eran *galanos*.

Debo dejar que el primero agarre bien para pegarle en la punta del hocico o en medio de la cabeza, pensó.

Los tiburones se acercaron juntos y cuando vio al más cercano abrir las mandíbulas y clavarlas en el plateado costado del pez, levantó la porra y la dejó caer con gran fuerza y violencia sobre la ancha cabezota del tiburón. Sintió la elástica solidez de la cabeza al caer sobre ella la porra. Pero sintió también la rigidez del hueso y otra vez golpeó con fuerza al tiburón sobre la punta del hocico al tiempo que se deslizaba hacia abajo separándose del pez.

El otro tiburón había estado entrando y saliendo y ahora volvía con las mandíbulas abiertas. El viejo podía ver pedazos de carne del pez cayendo, blancos, de los cantos de sus mandíbulas cuando acometió al pez y cerró las mandíbulas. Le golpeó con la porra y dio sólo en la cabeza y el tiburón lo miró y arrancó la carne. El viejo le golpeó de nuevo con la porra al tiempo que se deslizaba alejándose para tragar y sólo dio en la sólida y densa elasticidad.

—Vamos, *galano* —dijo el viejo—. Vuelve otra vez.

El tiburón volvió con furia y el viejo le golpeó en el instante en que cerraba sus mandíbulas. Le golpeó sólidamente y desde tan alto como había podido levantar la porra. Esta vez sintió el hueso, en la base del cráneo, y le golpeó de nuevo en el mismo sitio mientras el tiburón arrancaba blandamente la carne y se deslizaba hacia abajo, separándose del pez.

El viejo esperó a que subiera de nuevo, pero ninguno de ellos apareció. Luego vio uno en la superficie nadando en círculos. No vio la aleta del otro.

No podía esperar matarlo, pensó. Pudiera haberlo hecho en mis buenos tiempos. Pero los he magullado bien a los dos y se deben de sentir bastante mal. Si hubiera podido usar un bate con las dos manos habría podido matar al primero, seguramente. Aún ahora, pensó.

No quería mirar al pez. Sabía que la mitad de él había sido destruida. El sol se había puesto mientras el viejo peleaba con los tiburones.

—Pronto será de noche —dijo—. Entonces podré acaso ver el resplandor de La Habana. Si me hallo demasiado lejos al este, veré las luces de una de las nuevas playas.

Ahora no puedo estar demasiado lejos, pensó. Espero que nadie se haya alarmado. Sólo el muchacho puede que esté preocupado, desde luego. Pero estoy seguro de que habrá tenido confianza. Muchos de los pescadores más viejos estarán preocupados. Y muchos otros también, pensó. Vivo en un buen pueblo.

Ya no le podía hablar al pez, porque éste estaba demasiado destrozado. Entonces se le ocurrió una cosa.

—Medio pez —dijo—. El pez que has sido. Siento haberme alejado tanto. Nos hemos arruinado los dos.

Pero hemos matado muchos tiburones, tú y yo, y hemos arruinado a muchos otros. ¿Cuántos has matado tú en tu vida, viejo pez? Para algo debes de tener esa espada en la cabeza.

Le gustaba pensar en el pez y en lo que podría hacerle a un tiburón si estuviera nadando libremente. Debí haberle cortado la espada para combatir con ella a los tiburones, pensó. Pero no tenía un hacha, y después me quedé sin cuchillo.

Pero si lo hubiera hecho, y hubiera podido ligar la espada al extremo de un remo, ¡qué arma! Entonces los habríamos podido combatir juntos. ¿Qué vas a hacer ahora si vienen de noche? ¿Qué puedes hacer?

—Pelear contra ellos —dijo—. Pelearé contra ellos hasta la muerte.

Pero ahora en la oscuridad y sin que apareciera ningún resplandor y sin luces y sólo el viento y sólo el firme tiro de la vela sintió que quizá estaba ya muerto. Juntó las manos y percibió la sensación de las palmas. No estaban muertas y él podía confirmar el dolor de la vida con sólo abrirlas y cerrarlas. Reclinó la espalda contra la popa y supo que no estaba muerto. Sus hombros se lo decían.

Tengo que decir todas esas oraciones que prometí si pescaba el pez, pensó. Pero estoy demasiado cansado para rezarlas ahora. Mejor que coja el saco y me lo eche sobre los hombros.

Se tendió sobre la popa y siguió gobernando y mirando a ver si aparecía el resplandor en el cielo. Tengo la mitad del pez, pensó. Quizá tenga la suerte de llegar a tierra con la mitad delantera. Debiera quedarme alguna suerte. No, se dijo. Le diste la espalda a la suerte cuando te alejaste demasiado de la costa.

—No seas idiota —dijo en voz alta—. Y no te duermas. Gobierna tu bote. Todavía puedes tener mucha suerte. Me gustaría comprar alguna si la vendieran en alguna parte.

¿Con qué habría de comprarla?, se preguntó. ¿Podría comprarla con un arpón perdido y un cuchillo roto y dos manos estropeadas?

—Pudiera ser —dijo—. Has tratado de comprarla con ochenta y cuatro días en la mar. Y casi estuvieron a punto de vendértela.

No debo pensar en tonterías, pensó. La suerte es una cosa que viene en muchas formas, y ¿quién puede reconocerla? Sin embargo, yo tomaría alguna en cualquier forma y pagaría lo que pidieran. Ojalá pudiera ver el resplandor de las luces, pensó. Me gustarían muchas cosas. Pero eso es lo que ahora deseo. Trató de ponerse más cómodo para gobernar el bote y por su dolor se dio cuenta de que no estaba muerto.

Vio el fulgor reflejado de las luces de la ciudad a eso de las diez de la noche. Al principio eran perceptibles únicamente como lo es la luz en el cielo antes de salir la luna. Luego se las veía firmes al fondo del océano que ahora estaba picado debido a la brisa creciente. Gobernó hacia el centro del resplandor y pensó que, ahora, pronto llegaría al borde de la corriente.

Ahora ha terminado, pensó. Probablemente me vuelvan a atacar. Pero ¿qué puede hacer un hombre contra ellos en la oscuridad y sin un arma?

Ahora estaba rígido y dolorido y las heridas y todas las partes castigadas de su cuerpo le dolían con el frío de la noche. Ojalá no tenga que volver a pelear, pensó. Ojalá, ojalá que no tenga que volver a pelear.

Pero hacia medianoche tuvo que pelear y esta vez sabía que la lucha era inútil. Los tiburones vinieron en bandada y sólo podía ver las líneas que trazaban sus aletas en el agua y su fosforescencia al arrojarse contra el pez. Les dio con la porra en las cabezas y sintió el chasquido de sus mandíbulas y el temblor de la barca cada vez que por debajo agarraban su presa. Golpeó desesperadamente contra lo que sólo podía sentir y oír y sintió que algo agarraba la porra y se la arrebataba.

Arrancó la caña del timón y siguió golpeando con ella, cogiéndola con ambas manos y dejándola caer con fuerza una y otra vez. Pero ahora llegaban hasta la proa y embestían uno tras otro y todos juntos, arrancando los pedazos de carne que emitían un fulgor bajo el agua cuando ellos se volvían y atacaban de nuevo.

Finalmente vino uno contra la propia cabeza del pez y el viejo se dio cuenta de que había terminado. Tiró un golpe con la caña a la cabeza del tiburón, allá donde las mandíbulas apresaban la resistente cabeza del pez, que no cedía. Tiró uno o dos golpes más. Sintió romperse la barra y arremetió al tiburón con el extremo roto. Lo sintió penetrar y sabiendo que era agudo lo incrustó una vez más. El tiburón lo soltó y salió rolando. Era el último tiburón de la bandada. No quedaba ya nada más que comer.

Ahora el viejo apenas podía respirar y sentía un extraño sabor en la boca. Era dulzón y como a cobre y por un momento tuvo miedo. Pero no era muy abundante.

Escupió en el mar y dijo:

—Comed eso, *galanos*. Y soñad con que habéis matado a un hombre.

Ahora sabía que estaba firmemente derrotado y sin remedio y volvió a popa y descubrió que el extremo roto de la caña encajaba bastante bien en la cabeza del timón para poder gobernar. Se ajustó el saco a los hombros y puso la barca en su derrota. Navegaba ahora ligero y no tenía pensamientos ni sentimientos de ninguna clase. Ahora estaba más allá de todo y gobernaba la barca para llegar a puerto lo mejor y más inteligentemente posible. De noche los tiburones atacan las carroñas como pudiera uno recoger migajas de una mesa. El viejo no les hacía caso. No hacía caso de nada, salvo del gobierno del timón. Sólo notaba lo bien y ligeramente que navegaba la barca ahora que no llevaba un gran peso amarrado al costado.

Una buena barca, pensó. Sólida y sin ningún desperfecto, salvo la caña. Y ésta es fácil de sustituir.

Podía percibir ahora que estaba dentro de la corriente y veía las luces de las colonias de la playa a lo largo de la orilla. Sabía ahora dónde estaba y que llegaría sin ninguna dificultad.

El viento es nuestro amigo, de todos modos, pensó. Luego añadió: A veces. Y el gran mar con nuestros amigos y enemigos. Y la cama, pensó. La cama es mi amiga. La cama y nada más, se dijo. La cama será una gran cosa. Lo más sencillo cuando te han derrotado, pensó. Jamás pensé que fuera tan sencillo. ¿Y qué es lo que te ha derrotado, viejo?, pensó.

—Nada —dijo en voz alta—. Me alejé demasiado.

Cuando entró en el puertecito las luces de la Terraza estaban apagadas y se dio cuenta de que todo el mundo estaba acostado. La brisa se había ido levantando gradualmente y ahora soplaba con fuerza. Sin embargo, había tranquilidad en el puerto y puso proa hacia la playita de grava bajo las rocas. No había nadie que pudiera ayudarle, de modo que adentró la barca cuanto pudo en la playa. Luego se bajó y la amarró a una roca.

Quitó el mástil de la carlinga y enrolló la vela y la ató. Luego se echó el palo al hombro y empezó a subir. Fue entonces cuando se dio cuenta de la profundidad de su fatiga. Se paró un momento y miró hacia atrás y al reflejo de la luz de la calle vio la gran cola del pez levantada por detrás de la popa del bote. Vio la blanca línea desnuda de su espinazo y la oscura masa de la cabeza con el pico saliente y toda la desnudez entre los extremos.

Empezó a subir de nuevo y en la cima cayó y permaneció algún tiempo tendido, con el mástil atravesado sobre el hombro. Trató de levantarse. Pero era demasiado difícil y se quedó allí sentado con el mástil al hombro, mirando el camino. Un gato pasó indiferente por el otro lado y el viejo lo siguió con la mirada. Luego siguió mirando simplemente el camino.

Finalmente soltó el mástil y se puso de pie. Recogió el mástil y se lo echó al hombro y partió camino arriba. Tuvo que sentarse cinco veces antes de llegar a su cabaña.

Dentro de la choza inclinó el mástil contra la pared. En la oscuridad halló una botella de agua y tomó un trago. Luego se acostó en la cama. Se echó la frazada sobre los hombros y luego sobre la espalda y las piernas y durmió boca abajo sobre los periódicos, con los brazos extendidos y las palmas hacia arriba.

Estaba dormido cuando el muchacho asomó a la puerta por la mañana. El viento soplaba tan fuerte que los botes del alto no se harían a la mar y el muchacho había dormido hasta tarde. Luego vino a la choza del viejo como había hecho todas las mañanas. El muchacho vio que el viejo respiraba y luego vio sus manos y empezó a llorar. Salió muy calladamente a buscar un poco de café y no dejó de llorar en todo el camino.

Muchos pescadores estaban alrededor de la barca mirando lo que traía amarrado al costado, y uno estaba metido en el agua, con los pantalones remangados, midiendo el esqueleto con un tramo de sedal.

El muchacho no bajó a la orilla. Ya había estado allí y uno de los pescadores cuidaba de la barca en su lugar.

—¿Cómo está el viejo? —gritó uno de los pescadores.

—Durmiendo —respondió gritando el muchacho. No le importaba que le vieran llorar—. Que nadie le moleste.

—Tenía dieciocho pies del hocico a la cola —gritó el pescador que lo estaba midiendo.

—Lo creo —dijo el muchacho.

Entró en la Terraza y pidió una lata de café.

—Caliente y con bastante leche y azúcar.

—¿Algo más?

—No. Después veré qué puede comer.

—¡Ése sí que era un pez! —dijo el propietario—. Jamás ha habido uno igual. También los dos que ustedes cogieron ayer eran buenos.

—¡Al diablo con ellos! —dijo el muchacho y empezó a llorar nuevamente.

—¿Quieres un trago de algo? —preguntó el dueño.

—No —dijo el muchacho—. Dígales que no molesten a Santiago. Vuelvo enseguida.

—Dile que lo siento mucho.

—Gracias —dijo el muchacho.

El muchacho llevó la lata de café caliente a la choza del viejo y se sentó a su lado hasta que despertó. Una vez pareció que iba a despertarse. Pero había vuelto a caer en un sueño profundo y el muchacho había ido al otro lado del camino a buscar leña para calentar el café.

Finalmente el viejo despertó.

—No se levante —dijo el muchacho—. Tómese esto —le echó un poco de café en un vaso.

El viejo cogió el vaso y bebió.

—Me derrotaron, Manolín —dijo—. Me derrotaron de verdad.

—Cierto. *Él* no le derrotó. El pez, no.

—No. Cierto. Fue después.

—Perico está cuidando de la barca y del aparejo. ¿Qué quiere hacer con la cabeza?

—Que Perico la corte para usarla en las nasas.

—¿Y la espada?

—Puedes quedártela si la quieres.

—Sí, la quiero —dijo el muchacho—. Ahora tenemos que hacer planes para lo demás.

—¿Me han estado buscando?

—Desde luego. Con los guardacostas y con aeroplanos.

—El mar es muy grande y una barca es pequeña y difícil de ver —dijo el viejo. Notó lo agradable que era tener alguien con quien hablar en vez de hablar sólo consigo mismo y con el mar—. Te he echado de menos —dijo—. ¿Qué habéis pescado?

—Uno el primer día. Otro el segundo y dos el tercero.

—Muy bien.

—Ahora pescaremos juntos otra vez.

—No. No tengo suerte. Yo ya no tengo suerte.

—Al diablo con la suerte —dijo el muchacho—. Yo llevaré la suerte conmigo.

—¿Qué va a decir tu familia?

—No me importa. Ayer pesqué dos. Pero ahora pescaremos juntos porque todavía tengo mucho que aprender.

—Tenemos que conseguir una buena lanza y llevarla siempre a bordo. Puedes hacer la cuchilla con una hoja de muelle de un viejo Ford. Podemos afilarla en Guanabacoa. Debe ser afilada y sin temple para que no se rompa. Mi cuchillo se rompió.

—Conseguiré otro cuchillo y mandaré afilar la hoja de muelle. ¿Cuántos días de *brisa* fuerte nos quedan?

—Tal vez tres. Tal vez más.

—Lo tendré todo en orden —dijo el muchacho—. Usted cúrese las manos, viejo.

—Sé cómo cuidármelas. De noche escupí algo extraño y sentí que se me había roto algo en el pecho.

—Cúrese también eso —dijo el muchacho—. Acuéstese, viejo, y le traeré su camisa limpia. Y algo para comer.

—Tráeme algún periódico de cuando estuve ausente —dijo el viejo.

—Tiene que ponerse bien pronto, porque tengo mucho que aprender y usted puede enseñármelo todo. ¿Ha sufrido mucho?

—Bastante —dijo el viejo.

—Le traeré la comida y los periódicos —dijo el muchacho—. Descanse bien, viejo. Le traeré algo de la farmacia para las manos.

—No te olvides de decirle a Perico que la cabeza es suya.

—No. Se lo diré.

Al atravesar la puerta y descender por el camino desgastado de roca de coral iba llorando nuevamente.

Esa tarde había una fiesta de turistas en la Terraza, y mirando hacia abajo, al agua, entre las latas de cerveza vacías y las barracudas muertas, una mujer vio un gran espinazo blanco con una inmensa cola que se alzaba y balanceaba con la marea mientras el viento del este levantaba un fuerte y continuo oleaje a la bocana del puerto.

—¿Qué es eso? —preguntó la mujer a un camarero, y señaló el largo espinazo del gran pez, que ahora no era más que basura esperando a que la arrastrara la marea.

—*Tiburón* —dijo el camarero—. Un tiburón.

Quería explicarle lo que había sucedido.

—No sabía que los tiburones tuvieran colas tan hermosas, tan bien formadas.

—Ni yo tampoco —dijo el hombre que la acompañaba.

Camino arriba, en su choza, el viejo dormía de nuevo. Todavía dormía de bruces y el muchacho estaba sentado junto a él, contemplándolo. El viejo soñaba con los leones.